Judith Hermanns Erzählungen und Romane haben eine Generation von Lesern und Leserinnen geprägt. Marcel Reich-Ranicki hatte der Debütantin 1998 großen Erfolg vorhergesagt. In »Wir hätten uns alles gesagt« erzählt sie zum ersten Mal von Kindheit, Familie, Freundschaft und Lebensweg, von dem, was ihr Schreiben und Leben miteinander verbindet.

»Geschichten schreiben heißt misstrauisch sein. Lesen heißt, sich darauf einzulassen. Jede Geschichte erzählt von einem Gespenst.« *Judith Hermann*

»Bemerkenswert schöne und klare Sätze, die Hermann über ihr Schreiben und das Verschweigen in ihrer Literatur formuliert.« *Gerrit Bartels, Der Tagesspiegel*

Judith Hermann wurde 1970 in Berlin geboren und lebt heute in Berlin und Friesland. Auf ihr Debüt »Sommerhaus, später« folgten der Erzählungsband »Nichts als Gespenster«, die fünf Erzählungen »Alice«, der Roman »Aller Liebe Anfang« sowie die Erzählungen »Lettipark«. Ihr Roman »Daheim« wurde u. a. mit dem Bremer Literaturpreis ausgezeichnet und wurde zu einem Bestseller. Im Sommer 2022 hielt sie die renommierte Frankfurter Poetikdozentur unter dem Titel »Wir hätten uns alles gesagt. Vom Schweigen und Verschweigen im Schreiben«, für das Buch erhielt sie den Wilhelm-Raabe-Literaturpreis 2023.

JUDITH
HERMANN

WIR HÄTTEN UNS ALLES GESAGT

FISCHER
TASCHENBUCH

Andrew Wyeth, ›Squall‹/
Verwertungsgesellschaft Bild-Kunst, Bonn, 2024

FSC
www.fsc.org
MIX
Papier | Fördert
gute Waldnutzung
FSC® C083411

Erschienen bei FISCHER Taschenbuch
Frankfurt am Main, 2024

Satz: Dörlemann Satz, Lemförde
Druck und Bindung: CPI books GmbH, Leck
ISBN 978-3-596-71036-2

Für meine Familie

Wir hätten uns alles gesagt

Vom Schweigen und Verschweigen im Schreiben

Frankfurter Poetikvorlesungen

Die Arbeit an dieser Vorlesung ist nicht einfach gewesen. Auf dem Weg von ihrem Anfang bis zu einem Ende hin ist unerwartet Privates im Text aufgetaucht, es wird sich zeigen, ob das zu bereuen ist. Das Schreiben über das Schreiben ist offenbar und erwartungsgemäß eigentlich vermieden worden, stattdessen haben sich Menschen und Situationen aufgezeigt, die das Schreiben beeinflusst haben. Der erste Teil erzählt vom Psychoanalytiker Dr. Dreehüs, von Ada und Marco und in Ansätzen von Familien. Der zweite Teil erzählt mehr von Familien. Und der dritte versucht dann doch, Einfluss und Schreiben zueinander zu bringen.

I.

Vor einiger Zeit bin ich mitten in der Nacht auf der Berliner Kastanienallee in einem sogenannten Spätkauf zufällig und unverhofft meinem Psychoanalytiker begegnet – zwei Jahre nach dem Ende der Psychoanalyse und zum allerersten Mal außerhalb des Raumes, in dem ich jahrelang auf seiner Couch gelegen hatte.

An diesem Abend war ich mit G. unterwegs, dem einzigen Schriftsteller, mit dem ich befreundet bin. Wir hatten bei einem Italiener auf der Eberswalder Straße gegessen, vor einer Bar einige Gläser Wein miteinander getrunken, G. hatte mich zur Straßenbahn bringen wollen, auf dem Weg zur Straßenbahn hatten wir angefangen, von unseren Müttern zu sprechen. Es waren dieses Muttergespräch, das leichte Betrunkensein und die Tatsache, dass wir auf alten Pfaden gingen – Arkona, Rheinsberger, Wolliner, Straßen, auf denen wir in unserer Jugend unterwegs gewesen waren, vor tatsächlich einem Vierteljahrhundert also, als es noch schneite, die

Welt um uns herum schwarzweiß und reine Poesie gewesen war –, die dazu führten, dass ich eine Straßenbahn nach der anderen fahren ließ, wir uns an der Kastanienallee auf die Treppenstufen vor einer Haustür setzten und beide unvermittelt eine Zigarette rauchen wollten, obwohl wir uns das Rauchen schon vor Ewigkeiten abgewöhnt hatten.

An uns vorbei ging ein rauchendes Mädchen, und ich sprach sie an. Ich bat sie um eine Zigarette, und sie sagte entschuldigend, sie habe keine, aber drüben – sie deutete zum Spätkauf auf der anderen Straßenseite – könne man Zigaretten einzeln kaufen: wie früher. Wir gingen quer über die Straße, betraten den Späti, im Späti saß der arabische Besitzer hinter der Kasse, und vor der Kasse stand mein Psychoanalytiker Dr. Dreehüs und bezahlte gerade ein schönes Softpack gelber American Spirit.

Ich habe in meinem Leben häufig Menschen nicht erkannt, wenn ich sie außerhalb der gewohnten Strukturen angetroffen habe. Dr. Dreehüs war ich außerhalb seiner Praxis nie begegnet, in seiner Praxis im Grunde genommen auch nicht. Er hatte mir dreimal in der Woche die Tür aufgemacht, ich war an ihm vorbei durch den Flur gegangen, hatte das Zimmer betreten, meine Jacke ausgezogen und über den dafür vorgesehenen Stuhl gehängt; dann hatte ich mich auf die Couch gelegt, er hatte hinter mir in einem Sessel Platz genommen. Am Stundenende der Ablauf rückwärts – ich war aufgestanden, hatte meine Jacke wieder angezogen, dabei verlegen aus dem Fenster gesehen, er war vor mir her durch den Flur gegangen, hatte mir die Tür aufgemacht, wir hatten uns die Hand gegeben, er hatte die Tür hinter mir geschlossen; es war ein Wunder, dass ich mir sein Gesicht, seine Gestalt und Erscheinung überhaupt halbwegs eingeprägt hatte. Im Spätkauf war ich schneller als er – ich erkannte ihn zuerst, oder: Ich begriff zuerst, und ich war wach genug, um die Situation bemerkenswert zu finden und nicht zu erkennen zu geben, dass ich sie bemerkenswert fand. Ich begrüßte Dr. Dreehüs höflich und überrascht und stellte ihn und G. einander vor, was amüsant war, weil beide voneinander wussten; G. war in den Erzählungen der Analysestunden aufgetaucht und hatte sich seinerseits einiges über die Analysestunden anhören müssen.

Das ist G. Das ist also G.

G., das ist nun kurz vor Feierabend und zu guter Letzt tatsächlich Dr. Dreehüs, mein Analytiker.

Mein alter Analytiker. Wir verbeugten uns alle drei ansatzweise voreinander, ich habe in meiner Erinnerung an diesen Moment bedauerlicherweise den arabischen Besitzer aus den Augen verloren, seinen Blick auf uns, auf Dr. Dreehüs, der ein Stammkunde zu sein schien und sich bisher vielleicht nicht als Analytiker zu erkennen gegeben hatte, und wie auch immer: Ich nutzte die eigenartige Gelegenheit und bat Dr. Dreehüs um zwei Zigaretten. Wir traten vor den Späti. Wechselten ein paar Sätze, wie geht's, gut, danke, und wie geht es Ihnen, während er elegant die Zigaretten aus dem Softpack klopfte, sie uns anbot und freundlicherweise kein Wort darüber verlor, dass ich mir das Rauchen in den Analysejahren doch eigentlich abgewöhnt hatte. Er gab sich überhaupt ungezwungen, wohingegen ich nun doch Mühe hatte, eine Fassung zu wahren. Ich wollte mir alles auf einmal einprägen, Gesten und Ausdruck, seinen etwas extravaganten Anzug, die Art, uns Feuer zu geben, zu lächeln und lässig auf Abstand zu bleiben; ich hatte angenommen, Dr. Dreehüs gäbe es nicht. Er sei eine Art spezieller Motte, die sich für die Weile einer Analysestunde zu einer Person materialisieren und nach dem Ende der Stunde zu Staub zerfallen würde, um sich zwei Tage später wieder zu erneuern. Ich hatte mir über das Leben von Dr. Dreehüs außerhalb seiner Praxis selbstverständlich schwer den Kopf zerbrochen und war zu dem Schluss gekommen, er habe keines, was unter anderem damit zu tun hatte, dass er mir als astreiner Analytiker außer seiner Anwesenheit, seinen etwas geckenhaften Hemden, gebügelten Hosen, der Inneneinrichtung seines Praxiszimmers und ab und an einem wie zufällig auf dem Tisch liegenden Buches niemals auch nur das kleinste Detail aus seinem Dasein verraten hatte. Dr. Dreehüs lebte für mich in diesem Zimmer, mit der Liege am Fenster, dem abgeschabten Sessel am Kopfende der Liege, dem halbleeren Bücherregal, dem leeren

Schreibtisch. Außerhalb dieses Zimmers existierte er nicht. Aber plötzlich war er da – ich entzündete meine Zigarette an dem Feuer, das er mir gab. Ich nahm seine Hände wahr, nah an meinem Gesicht. Ich nahm wahr, dass er angetrunken war und, wie ich, in der fortgeschrittenen Nacht in gewisser Weise die Leinen losgelassen hatte. Er gab auch G. Feuer. Und dann wünschte er uns einen guten Abend, ging die Straße runter, ging drei Meter weit die Straße runter und verschwand im Eingang einer Kneipe, die sich für meine Begriffe erst in diesem Augenblick, aus dem totalen Nichts und nur für ihn öffnete und hinter ihm wieder verschloss. Vor dem Späti stand eine schiefe Bank, ich musste mich setzen. Auch G. musste sich setzen, wir rauchten unsere verbotenen Zigaretten perplex zu Ende, G.'s Anteilnahme für meinen Schreck über diese Begegnung war tröstlich. Er sagte, er sei sich gar nicht sicher, ob es diese Situation gerade wirklich gegeben habe, ob sie nicht, wie in einem Film von Woody Allen oder Jim Jarmusch, in einem Wurmloch stattgefunden habe, eine Täuschung, hervorgerufen durch den Wein, das Muttergespräch, die Wege in die Vergangenheit. Die Konstellation erschien ihm so surreal wie mir, auch ihm war diese Kneipe, in der Dr. Dreehüs verschwunden war wie eine Alice im Wunderland, nie zuvor aufgefallen, und als ich sagte, ich müsse da jetzt ohne Frage ebenfalls rein und Dr. Dreehüs hinterhergehen, sagte G., so etwas habe er sich schon gedacht.

Er sagte, aber ich begleite dich dann zumindest noch bis zur Tür.

Trommel – Dr. Dreehüs' Kneipe hieß »Trommel«. Vernageltes Schaufenster, schummriges Licht durch den Türspalt, die »Trommel« hätte ein Bordell sein können, Dark Room, was ich Dr. Dreehüs zugetraut hätte, irisches Pub, Club, wir standen ratlos davor. Schließlich sagte G., weißt du was, ich glaube, ich setze mich hier noch mal kurz auf diese Bank. Nur so. Ich häng hier einfach noch ein kleines bisschen rum. Und wenn du in einer Viertelstunde nicht wieder aufgetaucht bist, nehme ich an, dass alles gutgegangen ist. Dann geh ich nach Hause.

Er sagte, bist du damit einverstanden.

Ich sagte, ja, das bin ich. Damit bin ich mehr als einverstanden.

G. nickte, berührte mich kurz und fest an der Schulter, ging zu der schiefen Bank zurück und setzte sich wieder; er richtete sich auf, dann hob er die Hand wie ein Ringrichter.

Ich hob meine Hand.

Holte Luft, machte die Tür der »Trommel« auf – und ging rein.

In den Jahren nach der Psychoanalyse hatte ich mein fünftes Buch geschrieben, »Lettipark«. Siebzehn Erzählungen über Menschen zwischen vierzig und fünfzig, vielleicht am Ende ihrer Weisheiten und am zaghaften

Anfang neuer Einsichten stehend, ein Buch, das nach dem Roman »Aller Liebe Anfang« entstanden und mir leichtgefallen war; die Rückkehr vom langen Text zu Short Stories hatte etwas Befreiendes gehabt, das Schreiben war beglückend gewesen. Heute denke ich, dass dieses Glück nicht nur an das überstandene Schreiben des Romans gebunden war, sondern auch an das Ende der Analyse, an die Bereitschaft, die Dinge alleine zu ordnen, erwachsen zu werden, loszulassen. Eine der Geschichten heißt »Träume«, sie beschreibt auf wenigen Seiten die Psychoanalyse einer Erzählerin, die denselben Analytiker aufsucht, wie eine Frau, mit der sie befreundet ist. Während der Analyse zerbricht diese Freundschaft, die Beziehung zu dem Psychoanalytiker hingegen hat eine kühle Beständigkeit. Selbstverständlich ist die Erzählung eng an meine Analyse bei Dr. Dreehüs gebunden – das ist, was ich schreibe: Ich schreibe über mich. Ich schreibe am eigenen Leben entlang, ein anderes Schreiben kenne ich nicht. Die Figur des Dr. Gupta ist an Dr. Dreehüs entlang erzählt, die Kleidung von Dr. Gupta ist Dr. Dreehüs' Kleidung, die Einrichtung der Praxis in der Erzählung ist die Einrichtung in der Wirklichkeit. Es gibt eine Stelle, in der Dr. Gupta der Erzählerin die Tür aufmacht und erstaunlicherweise ein blaues Auge hat, auch dieses blaue Auge gab es. Und selbstverständlich ist die Ich-Erzählerin ich, bin ich das – diese Frau, die Teresa heißt, von Nacktschnecken und Fahrstuhlschächten träumt, unentwegt weint, sich vor Trauer nicht bewegen, in den ersten Monaten der Analyse nicht sprechen, in keiner Weise sagen kann, was sie traurig macht. Und selbstverständlich ist diese Ich-Erzählerin eben genau nicht ich und ist auch Dr. Gupta nicht Dr. Dreehüs; im Gegenteil, beide Figuren sind Träume, aufgeschriebene Wünsche, und das, was ich mir da schreibend vorstelle, ist schwer zu fassen. Es ist, bei aller Zerbrechlichkeit der Figuren etwas Heiles. Etwas, das ich gerade nicht besitze, von dem ich aber weiß, dass ich es besessen habe und wieder besitzen kann, etwas, nach dem ich mich sehne, eine ausgesuchte Dehnung, ein Fehlen. Die Geschichte ist ein Schutzraum für die Erzählerin, ein Gehäuse wie die Schale einer Nuss. Die Erzählerin ist die kleinste Puppe in der russischen Matrjoschka, die Geschichte der Kokon um sie herum. Ich schreibe nicht, worüber sich die Gespräche, die Selbstgespräche der Analysestunden drehen, der Schutzraum entsteht aus dem Verschweigen. Es bleibt einem empathischen Leser überlassen, sich das auszudenken, Trauma, Verlust, Missbrauch, Trauer, Abwesenheit, Tod und Angst, das ganz normale Leben, oder außen vor zu bleiben; es genügt, dass ich weiß, worum die Erzählerin trauert, und ich möchte das gerne für mich behalten. Die Geschichte ist – aufgeräumt. Die Wohnung der Erzählerin, ihr Alltag, die Bücher, die sie liest, die Wege, die sie geht, all das hat eine ordentliche, vorzeigbare Struktur – im Gegensatz zu der Wohnung, in der ich lebe, den Büchern, die ich lese, Wegen, die ich gehe –, nichts von alldem wäre in einer Erzählung ohne Verfremdung abzubilden. Die Erzählung lenkt den Leser vom Eigentlichen ab, sie lenkt ihn von mir ab. Ein

Zaubertrick – der Leser sieht dem Hokuspokus des Zauberers zu und verpasst den Trick. Ich erzähle von meiner Psychoanalyse und gebe sie an eine Figur ab, die ist, wie ich immer sein wollte, niemals war oder sein werde; ich habe in meinem ganzen Leben nicht von Nacktschnecken geträumt. Und zu guter Letzt ist diese Erzählung natürlich auch eine Liebesgeschichte, ist die Erzählerin irgendwann verliebt in Dr. Gupta, und sie ist das, und es ändert nichts – so wie auch ich, nach vielleicht fünf oder sechs Jahren, drei Sitzungen in der Woche à fünfundvierzig Minuten irgendwann verliebt in Dr. Dreehüs gewesen bin und irgendwann nicht mehr. Und dann war das vorbei. Und dann verließ ich ihn.

Es wunderte mich in der Nacht auf der Kastanienallee nicht, dass ich die »Trommel« mit Herzklopfen betrat.

Als »Lettipark« erschienen war, hatte ich ein Exemplar in der Praxis vorbeigebracht. Dr. Dreehüs sollte wissen, dass er Teil einer Erzählung in einem Buch geworden war, dass es eine Erzählung gab, die ihm gewidmet war. Ich wusste kaum etwas über ihn, aber ich wusste doch, dass er ein Leser war, dass er Bücher liebte. Ich hatte es den winzigen Geräuschen der Zustimmung oder Ablehnung entnommen, die er manchmal von sich gegeben hatte, wenn ich über Bücher geredet hatte; ich hatte ihm auch die anderen zwei Bücher geschenkt, die ich während der Analyse geschrieben hatte, er hatte sie gelesen und zurückhaltend mit mir darüber gesprochen. Ich hatte »Lettipark« im Hausflur der Praxis in seinen

Briefkasten geworfen – an ihn adressiert, er teilte sich die Praxis mit einer Frau, die seinen Namen trug und von der ich bis zum Schluss nicht in Erfahrung bringen konnte, ob sie seine Schwester oder Ehefrau war, ich bevorzugte Ersteres. Ich hatte »Lettipark« persönlich vorbeigebracht, weil ich hoffte, ihm zu begegnen, ihm das Buch in die Hand geben zu können – ein kurzer, energetischer Kontakt. Kann sein, dass ich ihm zeigen wollte, dass ich am Leben war. Ein fünftes Buch geschrieben hatte. Dass es mir gutging, dass ich in der Lage war, weiterzumachen, auch ohne ihn, ich war mir sicher, er hätte sich gefreut. Ich bin ihm nicht begegnet. Ich hatte das Buch in einem Umschlag und begleitet von drei höflichen Zeilen in seinem Briefkasten versenkt und war wieder nach Hause gegangen, und er hatte bis zu unserer Begegnung im Spätkauf weder auf das Buch noch auf die Zeilen geantwortet.

Er hatte schlicht nicht reagiert.

Es gibt in der Erzählung »Träume« eine dritte Figur. Die Figur Effi, die der Erzählerin vorschlägt, im Notfall ihren Analytiker aufzusuchen – *falls es dir mal richtig schlecht gehen sollte, beschissen schlecht meine ich* –, und auch diese Figur ist angelehnt an eine Frau, mit der ich lange befreundet gewesen bin, oder anders: an eine Frau, die ich gekannt habe.

Ada.

Heute frage ich mich, warum ich diese Erzählung nicht auch Ada gewidmet, warum ich nicht auch Ada ein Exemplar von »Lettipark« in den Briefkasten gelegt habe in der Hoffnung auf eine Begegnung. Warum habe ich auf diese Weise nicht an Ada gedacht, ohne die ich, in der Wirklichkeit wie in der Erzählung, nicht in die Analyse gegangen wäre. Ohne Ada wäre ich Dr. Dreehüs nicht begegnet, hätte ich »Alice« nicht geschrieben und »Aller Liebe Anfang« auch nicht, es war, wie in »Träume«, Ada gewesen, die mir ihren Analytiker empfohlen hatte. Jede Entscheidung für einen Satz ist eine Entscheidung gegen unzählige andere Sätze. Jede Entscheidung für eine Geschichte schlägt unzählige andere Geschichten aus. Ein Wort vernichtet ein anderes Wort. Schreiben heißt auslöschen. Ich habe mich für Dr. Dreehüs und gegen Ada entschieden.

So könnte ich es sehen.

Ich traf Ada Anfang der neunziger Jahre. Sie war so alt wie ich und ungekrönte Königin eines urbanen und weit verzweigten Stammes, in dem die meisten, so wie Ada, aus Frankfurt-Oder kamen. Mit dieser Herkunft aus einer Stadt, die am Ende des Zweiten Weltkrieges von der Roten Armee im Sturm genommen worden war, hatten sich, laut Ada, die Lebensunfähigkeiten und autoagressiven, exzessiv haltlosen Konstitutionen ihrer Kindeskinder ein für alle Mal erklärt: Frankfurt war eine traumatisierte Stadt, und die Menschen, die in ihr geboren waren, trugen das Kriegstrauma noch in der dritten Generation und bis heute in sich. Ada lebte ihr Trauma in einer großen, verschatteten Wohnung am Helmholtzplatz im Prenzlauer Berg, die sie in den chaotischen Monaten nach dem Mauerfall besetzt hatte und die man ihr – eine Weile lang – nicht mehr wegnehmen konnte. Wohnküche im Berliner Zimmer, Korbsessel mit Lammfell am Fenster zum Hof, in dem Ada häufig saß und ihr Kind stillte, sie war die erste junge Mutter, der ich begegnete, und sie füllte ihre Rolle mit dem Gestus einer Ur-Mutter aus; der Sessel war Thron. Das Zimmer voller beweglicher Schatten, auf dem langen, zerschrammten Tisch immer Kieselsteine und Glasmurmeln, Sträuße aus Zweigen und wilden Brachenblumen in Wasserkaraffen, mit Reißzwecken an die unverputzte Wand gepinnte Schwarzweißfotos neben Shiva mit all seinen Goldarmen neben Zeitungsausschnitten, die im Zugwind knisterten. Kerzen und Räucherstäbchen, ständig klimperte einer auf dem Klavier. Das Kind, das in diesem Zimmer auf die Welt gekommen war, war zart, selten weinend, den Blick aus großen dunklen Augen unverwandt auf die Besucher gerichtet, die kamen und gingen, die Wohnungstür unverschlossen, keine Tages- und Nachtzeiten, Licht grundsätzlich wie unter Wasser und kreidig, keine Regeln, kaum eine Grenze. Offenbar war es möglich, eine verlässliche Mutter zu sein und sich zugleich zu verlieren, hinzugeben; ich erinnere mich an Ada am Tresen der Bar, in der wir damals häufig saßen, an die Sachlichkeit, mit der sie sich das Hemd aufknöpfte, auszog, mit nacktem Oberkörper vor uns saß, hoch aufgerichtet und aufmerksam; wir sollten nachts um zwei ihre bloßen Brüste bestaunen, von denen sie sagte, sie seien von allen Brüsten auf der Welt die schönsten – und das taten wir, und vermutlich nahmen wir an, sie habe recht. Wo war, denke ich heute, in diesen Nächten eigentlich das Kind, damals habe ich mich das nicht gefragt. Ada hatte einen Mann, der erstaunlicherweise ein Jura-Studium bewältigte, abschloss, zu einer regulären Arbeit ging, Geld verdiente, trotzdem bei uns war, wenn wir uns aufmachten, in die Nächte hinabzusteigen wie in finstere Brunnen. Es war Ada, die mich darauf hinwies, dass die Familie, aus der ich kam und in der ich aufgewachsen war, nicht zwangsläufig meine Familie bleiben musste, dass es möglich war, sie zu verlassen, abzuschneiden und sich eine andere und bessere zu suchen; sie selbst hatte sich von ihrer Frankfurter Herkunft losgesagt und sich eine Wahlfamilie zugelegt, die aus ihrem Mann, ihrem Kind und einem engeren Kreis anderer Frauen und Männer bestand. Diese Familie war gut und stärkend, im Gegensatz zu der biologischen Familie, deren einziger Zweck darin bestanden habe, Ada auf die Welt zu bringen. Eigenartigerweise machte Ada während solcher Ausführungen nie den Eindruck, einer Stärkung oder eines Trostes bedürftig zu sein. Sie war grundsätzlich sehr gefasst, distanziert, von ironischer Heiterkeit und ausgerüstet mit einer interessierten und kecken Kühle, sie schien immer etwas zu wissen, das ich nicht wusste. Ihre Ausführungen über Familie erstaunten und erschütterten mich; so harmlos sie mir heute erscheinen, so wichtig waren sie damals. Meine Familie war ein Gespinst, in dem ich verpuppt, verschnürt und sicher aufgehoben war. Adas Ansichten zogen einen Faden aus dem Gespinst, zogen es auseinander, lockerten es, es waren dann andere Dinge, die zur Auflösung geführt haben, aber Ada, mit dem Kind auf dem Schoß an der schönen Brust und dem Mann hinter sich und den anderen hinter dem Mann, tat den ersten Schnitt.

Ich nehme an, dass sie das nicht wusste.

Als mein Kind auf die Welt kam, fünf Jahre nach ihrem, begannen wir, die Ferien miteinander im Sommerhaus meiner Familie an der Nordsee zu verbringen. Gezeiten und Deiche, die baumlose Küste, der ewige triste Regen waren den Leuten aus Frankfurt, Brandenburg, Ostberlin unvertraut und zunächst völlig fremd. Das Haus, in dem meine Großmutter gelebt hatte, wog das auf. Alt, heruntergekommen, mit Provisorien ausgestattet, keine Vorhänge an den Fenstern, Licht von einem Gewirr von Schlingpflanzen durchbrochen, in einem der Zimmer ein phantastischer Onkel, der sich an den nächtlichen Festen beteiligte und etwas unvollständig, aber dennoch Heine zitieren konnte, ein verwilderter Garten mit Bäumen für Hängematten und Lampions, und im Laufe der Wochen kamen und gingen die Freunde, die erweiterte und erwählte Familie, immer selbstverständlicher ein und aus. Es war dieses Haus, in dem Ada mir ihr Familienprinzip erläuterte, und sie tat das mit einer leisen Geste auf all die Dinge hin, die uns da umgaben. Mobiliar, gerahmte Urkunden, Fotografien aus der Jahrhundertwende, stehengebliebene Uhren mit verbogenen Zeigern, angeschlagenes Geschirr und der Name, den das Haus trug, den irgendwer vor hundert Jahren in goldenen Lettern unter den Giebel gehämmert hatte:

Daheim.

All das, sagte Ada, ist deins und muss es aber nicht sein. Du kannst es annehmen – oder bleiben lassen. Du kannst hier sein und musst dich aber für nichts verantwortlich fühlen. Für gar nichts. Und dann stand sie auf, ging weg und ließ mich mit diesem Vorschlag allein.

Ich erinnere mich an ein Kleid aus zerschlissener, indigoblauer Seide, das sie häufig trug, für zehn Euro auf dem Kollwitzplatzmarkt erstanden, von allen Kleidern, die ich kenne, war dieses das schönste. Sie zog es aus, als wir, ein einziges Mal nur zu zweit (es muss ein Entschluss gewesen sein, kein Zufall), aufs Watt rausgingen, so weit wie möglich raus, bis zur Wasserkante. Abend. Wir waren mit den Rädern an den wilden Strand gefahren, dahin, wo die Promenade aufhörte, die Dünen anfingen. Wir hatten die Räder aneinandergelehnt, die Schuhe ausgezogen und waren rausgelaufen, aufs offene Meer zu, und als wir da waren, wo es nicht mehr weiterging, hatte Ada ihr Kleid ausgezogen und nackt neben mir gestanden. Zwielicht, der Himmel über dem weit hinter uns liegenden Land schon nächtlich, der Himmel über dem Wasser noch hell, das Wasser Perlmutt, Adas Körper blass und langsam gegen den dunklen Saum des

Meeres. Ich hatte mein Kleid nicht ausgezogen. Sie hatte ihres irgendwann wieder angezogen; dann waren wir zurückgegangen, zurück ins Haus gefahren. An einem anderen, späteren Nachmittag hat sie mich einmal heftig und unerwartet umarmt, im Flur neben der Garderobe mit regennassen Klamotten, zwischen den unzähligen Gummistiefeln der Kinder, Adas Geruch plötzlich so wahrnehmbar, dunkel, sandig, beinah männlich. Sie hat mir in jedem dieser damaligen Sommer zum Geburtstag meines Kindes Blumen geschenkt, einen am Vorabend an den Feldrändern gepflückten Auguststrauß, sie ist die Einzige gewesen, die diesen Brauch wichtig fand. Die Sommer waren zehrend. Nervenzerrüttend, auf eine maßlose und für alle schmerzhafte Weise beglückend, unsere Ziele variabel und austauschbar, das Leben ein langer lyrischer Transit. Als Adas Kind groß genug war, um in der Stadt alleine in die Schule zu gehen, ließ sie Mann und Kind manchmal losfahren und blieb. In einem Sommer rief ihr Mann mich nach der Rückkehr aus Berlin an, um sich für die Tage zu bedanken und zusammenzufassen, wie wichtig all das für ihn gewesen sei, und im Anschluss ließ er sich Ada an den Apparat holen, um ihr zu sagen, dass die Waschmaschine kaputt und der Kühlschrank verschimmelt sei. Nach diesem Gespräch saß sie auf der Bank neben der Haustür und weinte. Ich habe sie nie zuvor und nie mehr danach weinen sehen. Ich möchte behaupten, dass sie sich kurz darauf von ihrem Mann trennte, einen anderen Mann kennenlernte und ein zweites Kind bekam; in Wirklichkeit sind zwischen diesem Weinen auf der Bank und dem zweiten Kind Jahre vergangen, die sich nur im Rückblick so anfühlen wie ein einziger Schritt aus einem hinüber in ein anderes Zimmer. Ada verbrachte auch mit dem zweiten Kind und dem Vater dieses Kindes die Sommer im Haus, wir blieben beieinander. Der Vater des zweiten Kindes bekam den Platz am Kopf des Tisches, ein Erneuerer, er hinterließ diesen Platz nach jeder Mahlzeit so, als wäre er von allen Kindern das kleinste. Es gab einen Spaziergang, zu dem er mit Ada aufbrach, und als sie zurückkamen, war seine Brille kaputt, sein Hemd zerrissen, und er blutete aus der Nase. Die Dinge schienen nicht einfacher zu werden. Und dennoch – unvergesslich, wie Ada sich am Mittag mit dem zweiten, kleinen, noch zahnlosen und pausbackigen Kind zu einem Mittagsschlaf zurückzog. Wie sie vor diesem Mittagsschlaf ein großes Glas Milch trank, das Kind auf ihrer Hüfte sitzend, in ihre Armbeuge geschmiegt, die runde Wange auf Adas Schulter gelegt, wie sie das Glas mit der freien rechten Hand hielt, in einem Zug austrank, den Kopf in den Nacken gelegt, in tiefen, ernsthaften Schlucken. Rituell, als handelte es sich gar nicht um Milch, sondern um etwas viel Exquisiteres, Grundsätzlicheres, kein Getränk, sondern eher eine Farbe, ein Material, das sie zu sich nahm, bevor sie mit dem Kind in die Zwischenwelt des Schlafes entwischte, von dem ich wusste, dass er tief, traumschwer und tatsächlich köstlich sein würde, nichts ist mit einem Mittagsschlaf gemeinsam mit dem Kind vergleichbar. Sie stellte das leere Glas auf den Tisch zurück, fuhr sich mit dem Handrücken, dem Handgelenk über den Mund, lächelte mich rätselhaft und zärtlich an, ging in ihr Zimmer und zog die Tür sachte hinter sich zu. In den Jahren der Trennung von ihrem ersten Mann, der Auflösung ihrer Wahlfamilie, der Liebe zu dem Vater des zweiten Kindes und der Geburt des zweiten Kindes absolvierte sie ihre Analyse bei Dr. Dreehüs, was ich damals nicht wusste, sie erzählte mir erst davon, als die Analyse, die Umstrukturierung abgeschlossen war. Sie löste ihre Familie auf. Oder ihre Familie löste sich auf. Der Vater ihres ersten Kindes bekam ein Kind mit einer Frau aus Feuerland, der Vater des zweiten verließ die Stadt. Das Haus am Helmholtzplatz wurde verkauft und geräumt. Ada zog in eine kleine Wohnung ein paar Straßen weiter, in ein Haus, in dem es eine Klingelanlage mit installierter Kamera gab, was der Anfang vom Ende war, das Ende fixierte, uns alle domestizierte.

Mein Kind wurde groß.

Die Sommer waren begrenzt, manchmal begann die Schule schon Anfang August, und wir mussten zurück nach Berlin, Hundstage in der Stadt, die mich immer schwermütig und traurig machten, voller Sehnsucht nach dem Wasser, dem Garten, dem Bett im Zimmer unterm Dach mit den sandigen Laken und dem Lauschen auf das Atmen des Kindes in der Nacht. An einem dieser Hundstage saß ich mit Ada in einem Café, und als sie aufbrach, bemerkte sie nebenbei, sie müsse jetzt zu ihrer Analysestunde, eine der letzten, die Analyse sei vorbei. Sie deutete die Straße runter, in die Richtung, in der sich offenbar die Praxis befand. Sie sagte, guter Analytiker, falls du mal einen brauchst.

Und das war alles.

Diese kleine Szene – das Café, die Bemerkung, das Deuten der Richtung – findet sich in der Erzählung »Träume« wieder. Zwei oder drei Sätze, die alles andere – das Indigokleid, das Licht auf dem Watt und dem Wasser, das Glas Milch und den Mittagsschlaf, die Wahlfamilien, die Kinder, meines und ihre – verschweigen, letztlich zunichte machen. Die zwei oder drei Sätze fassen etwas zusammen, das nicht zu begreifen ist. Sie entscheiden sich für einen einzigen Moment, einen Schneekugelaugenblick. Sie werfen den ganzen Rest über Bord.

Verzichten.

Schreiben imitiert Leben, Verschwinden der Dinge, beständiges Zurückbleiben, Unscharfwerden, Erlöschen der Bilder. Aber die autonome Entscheidung für den Verzicht – das Glas Milch nicht, das Kleid nicht, die Cafészene doch, obwohl Milch und Kleid sinnlicher sind, gerade weil sie sinnlicher sind – macht das leichter, gleicht Kummer und Trauer über Verlieren und Vergehen aus. Der Vater von Adas zweitem Kind sagte einmal, er habe sich vor allem in ihre Hände, in ihre Gesten verliebt, eine Bemerkung, die ich sofort nachvollziehen konnte. Noch schöner als Adas Brüste fand ich immer ihre Hände, die ausgeprägten Fingerknöchel, schmalen Nägel, das Explizite, mit dem sie diese Hände ausstreckte, die Finger spreizte, wenn sie ihre entschiedenen, kapriziösen Feststellungen machte, das elegant Nachlässige, mit dem sie Dinge berührte, umstellte, fallen ließ. Sie war eine schöne und ziemlich kalte Frau mit einer geraden, immer etwas herausfordernden Haltung, einem federnden, leichtherzigen Gang. Ich habe ihr nie vertraut, vielleicht fällt es mir deshalb schwer zu sagen, ich sei mit ihr befreundet gewesen. Lieber möchte ich sagen, ich habe sie gekannt. Einfacher wäre es zu sagen, ich habe Ada geliebt. Nach dieser Begegnung im Café verloren wir uns aus den Augen, brach ich den Kontakt ab. Es kann sein, dass das daran lag, dass ich ihren Hinweis ernst nahm, bei Dr. Dreehüs vorstellig wurde, meine Analyse begann. Vielleicht zu viel der Nähe, Adas Stunden auf der Couch, meine eigenen Stunden auf derselben Couch. Dr. Dreehüs, dachte ich, weiß etwas über mich, das ich ihm von mir aus gar nicht erzählen würde, er weiß Dinge über mich, die Ada ihm erzählt hat. Es muss das Bedürfnis gegeben haben, die Kontrolle zurückzuerlangen, den anderen auf sicheren Abstand zu bringen. In den ersten Jahren der Analyse stürzte ich ab, ich wollte mich Ada in dieser Verfassung nicht ausliefern, mich nicht von ihr beobachten lassen. Wir verloren uns; ich kann mich nicht daran erinnern, dass sie mir fehlte. Ich war damit beschäftigt, meine eigene Familie zu verlassen, und ich hatte nicht vor, eine neue zu gründen.

Ich wollte, denke ich heute, alleine sein.

Die Erzählung »Träume« beschreibt eine Erkenntnis – die späte Einordnung der Beziehung zu einem anderen, die Einsicht, dass wir uns etwas vormachen, uns täuschen lassen, wie gerne wir uns täuschen lassen. Ada hatte möglicherweise eine vage Zärtlichkeit für mich empfunden, aber sie hatte mich nie aus den Augen gelassen, ich wäre niemals ein Mitglied ihrer Familie geworden. In den Sommern mit den Kindern hatte sie sich gewünscht, wir würden alle zusammen und mit verteilten Rollen Tschechows »Der Kirschgarten« lesen. Eine Szenerie, von der sie träumte – die nächtliche Runde der Freunde um den langen Gartentisch mit Weißwein, Zigaretten, Kerzenlicht und gelben Reclam-Heftchen, verteilte Rollen, sie hatte sie uns schon zugewiesen, aber weiter war es nicht gegangen. Bis heute stehen die Heftchen im Haus am Meer im Bücherregal. Was wäre gewesen, hätten wir uns auf Adas Vorschlag eingelassen. Keiner wollte »Der Kirschgarten« lesen. Alle wollten exzessiv trinken, rauchen, erzählen, sich gehen lassen, die Rollen anders verteilen, und vielleicht ist das das einzige Zeichen für Adas Verletzlichkeit gewesen – dass sie sich gewünscht hat, wir wollten zusammen spielen. Wir haben nicht zusammen gespielt. Unsere Kinder sind aus dem Haus. Die Erzählung zeigt die Trennung auf, eine Vergeblichkeit. Hätte ich Ada ein Exemplar von »Lettipark« in den Briefkasten gelegt, wäre das ein überflüssiger Hinweis gewesen – und darüber hinaus nehme ich an, dass Ada es vorziehen würde, mich über ihre eventuelle Lektüre meiner Sicht auf unsere Jahre im Ungewissen zu lassen.

In der »Trommel« saß Dr. Dreehüs allein an einem Tresen mit dem Rücken zur Tür. Der Barkeeper sah mich hereinkommen, und Dr. Dreehüs folgte seinem Blick, drehte sich über die Schulter hinweg zu mir um und lächelte unwillkürlich – er hatte nicht mit mir gerechnet, aber dass ich auftauchte, erstaunte ihn nicht. Er deutete umstandslos auf den Barhocker neben sich und nahm mir die Verlegenheit ab; nach außen hätte es so wirken können, als wären wir verabredet gewesen. Dr. Dreehüs schien in einer Kneipe gerne für sich zu sein, wir waren die einzigen Gäste. Er rauchte. Das Licht war schummerig, die Bar keiner Geisteshaltung zuzuordnen, der Barkeeper ein in Andeutung schwerer Junge, der zu spüren schien, dass die Begegnung zwischen Dr. Dreehüs und mir etwas – sagen wir, Halbseidenes hatte. Etwas Illegitimes.

Ich zog meine Jacke aus, ich bat um eine zweite Zigarette. Dr. Dreehüs klopfte mit lässiger Selbstverständlichkeit eine aus dem Softpack und hielt sie mir hin.

Er sagte, was wollen Sie denn trinken.

Er sagte, ich geb einen aus.

Zu diesem Zeitpunkt hatten er und ich über tausend Stunden unser beider Leben miteinander verbracht. Ich hatte jahrelang mit wenigen Unterbrechungen dreimal wöchentlich auf seiner Couch gelegen und über etliche Dinge gesprochen, die ich ansonsten unter allen Umständen für mich behielt. Dr. Dreehüs wusste einiges über mich, ich wusste nichts über ihn, und unsere Begegnung in der »Trommel« war eine unerwartete Erweiterung der Konstellation, eine kleine und rätselhafte Mutation. Bis heute bin ich mir nicht sicher, ob Dr. Dreehüs ein kompetenter Analytiker gewesen ist. Wenn ich andere über ihre Analysen sprechen höre, habe ich den Eindruck einer lebendigen und herzerwärmenden Kommunikation; Dr. Dreehüs hingegen sprach so gut wie nie mit mir, ich erinnere mich an vielleicht fünf Äußerungen in zehn Jahren. Die Stunden vergingen mit meinem suchenden Selbstgespräch, Pausen zwischen den Sätzen, meine Fragen blieben an mich selbst gestellt, ich hatte die Antworten alleine zu finden. Heute denke ich, dass diese Art der Analyse für mich genau die richtige gewesen ist: Sie war ideal.

In einer der ersten Stunden hatte ich Dr. Dreehüs meine Befürchtung mitgeteilt, am Ende der Analyse vielleicht nicht mehr schreiben zu können, das Schreiben der Analyse opfern zu müssen. Er hatte erwidert, dass sich das ja herausstellen würde, und war nach dieser rätselhaften Bemerkung in ein Schweigen abgetaucht, aus dem er zehn Jahre lang nicht mehr zum Vorschein kam. Mehr oder weniger. Ich übertreibe, aber es ist das, woran ich mich erinnere, und es ist das, woran sich die Erzählerin in der Geschichte erinnert, Dr. Dreehüs-Gupta sagte nie etwas, und in manchen Augenblicken war sie sich – war ich mir – sicher, dass er eingeschlafen war. Er hatte grundsätzlich hinter mir gesessen, am Kopfende der Couch, ich hatte mich nie nach ihm umgedreht, ich hatte den abergläubischen Eindruck gehabt, es brächte Unglück, wenn ich mich nach ihm umdrehen würde. Manchmal hatten wir zusammen gelacht, er hatte Humor. Ab und an hatte er mittels eines halben Seufzers oder eines längeren Ausatmens Mitgefühl oder Verständnis geäußert. Aber wann immer ich ihm eine Frage gestellt hatte, hatte er mich gefragt, warum ich ihn das fragen würde, und eine Antwort verweigert. Es hatte Stunden gegeben, in denen ich zu früh war, im Park vor dem Haus auf und ab spazierte, zu seinen Fenstern hoch und ihn auf dem Balkon eine Zigarette rauchen sah, es hatte mich mit Genugtuung erfüllt, dass auch Dr. Dreehüs Süchte hatte, von den ungesunden Dingen abhängig war. Er spielte klassische Gitarre, die Gitarre stand in einer teuren Tasche jeden Montag neben seinem Schreibtisch. Und das war alles, was ich über ihn wusste. Die nächtliche Begegnung in der »Trommel« brachte das nicht unerhebliche Risiko mit sich, den Blick in ein Gesicht zu richten, das nicht das war, das ich zu kennen glaubte. Stattdessen das Gesicht eines Fremden, dem ich in der irrigen Annahme, er würde mich verstehen, mein ganzes Leben anvertraut hatte – und jetzt könnte sich zeigen, dass er gar nichts verstanden hatte und darüber hinaus besserwisserisch, unsympathisch und kalt war. Ich hatte die irrationale und zugleich berechtigte Angst, Dr. Dreehüs könnte schlicht nicht der sein, für den ich ihn gehalten hatte, er könnte, um es mit einer bevorzugten Vokabel aus Adas Wahlfamilie zu sagen, ein Vollidiot sein. Ein *totaler Vollidiot.* Zehn Jahre würden in sich zusammenfallen, sich in Nichts auflösen:

Schlacke.

Erkenntnis im Zeitraffer – ein bisschen spezieller als die sich über Jahre hinziehende Erkenntnis, dass der Mensch, den du liebst, nicht der ist, den du meinst, ein allmählich dämmerndes Bewusstsein dafür, dass du selbstverständlich doch allein auf der Welt bist, dein Gegenüber ein Spiegelbild deiner Bedürfnisse, das sich bereitwillig abwendet, wenn du loslässt. Von nichts gehalten, für niemanden zuständig, erst recht nicht für dich.

Du bist, um es mit Turgenjew zu sagen, allein wie ein Finger.

Ich wusste nicht, was ich trinken sollte, aber Dr. Dreehüs wusste das, und er bestellte auf eine Weise, die eindeutig und absurd etwas Väterliches hatte, Gin Tonic für mich. Der Barkeeper mixte bedächtig, und ich sah ihm dabei zu. Und dann nahm ich den ersten Schluck, zündete mir die zweite Zigarette selber an, drehte mich zur Seite, fasste mir ein Herz und sah Dr. Dreehüs an. Sein Gesichtsausdruck war freundlich, auf eine grundlos vertraute Weise etwas hochmütig, ein wenig überdrüssig, unter dem Überdruss an und für sich: ernst.

Er war in Ordnung.

Sein Blick war in Ordnung, sein leises und spöttisch interessiertes Amusement ebenso, er war einfach nur ein Mann in den fast späten Jahren, der nachts um zwei am Tresen einer eher trostlosen Bar saß – an einem Wochentag, er würde am nächsten Morgen früh aufstehen und seiner speziellen Arbeit nachgehen –, und schon diese Tatsache hatte etwas Defizitäres, das Defizitäre hatte etwas Beruhigendes, und offenbar hatte ich mich, zumindest auf diesen einen Blick hin, nicht in ihm getäuscht.

Er sagte, Sie haben sich in die »Trommel« getraut. Sie haben sich reingetraut, das freut mich, und es war deutlich zu sehen, dass er meinte, was er sagte.

Ich sagte, weiß dieser Barkeeper hier, was Ihr Beruf ist.

Er sagte, dieser Barkeeper hier hält mich für einen Elektromechaniker.

Ich sagte, es gibt wenig Berufe, die man Ihnen weniger zutrauen würde, als diesen.

Soweit ich mich erinnere, waren das die ersten Sätze, die wir miteinander wechselten – in einem Draußen also, in der Außenwelt, auf einer gemeinsamen Ebene. Der Ebene des Tresens, nebeneinander sitzend, trinkend, rauchend. Einfacher Parcours über dünnes Eis, wir reichten uns dabei durchaus im übertragenen Sinn die Hände. Es war leichter, als ich angenommen hatte. Ich fragte ihn, ob Begegnungen wie diese zwischen Analytiker und Analysand häufiger vorkommen würden, er sagte nicht, warum fragen Sie mich das, sondern antwortete ohne Umschweife. Er sagte, die meisten Analysanden würden das Weite suchen, wenn sie ihm auf der Straße begegneten. Die Begegnungen seien häufig. Er wohne nebenan – er deutete aus dem vernagelten Fenster hinter sich auf die Straße raus –, Praxis und Wohnung lägen nah beieinander, die Wege kreuzten sich oft. Seine und meine Wege hatten sich nie gekreuzt, ich wäre nie darauf gekommen, dass er fünf Minuten von seiner Praxis entfernt wohnte. Er sagte, er nehme an, die Scheu der Analysanden habe mit Scham zu tun, er sei erfreut zu sehen, dass diese Scham mir nicht in den Sinn gekommen sei.

Ich sagte, ist mir nicht in den Sinn gekommen, nein. Ich wollte eigentlich nur wissen, wie Sie die Erzählung »Träume« aus »Lettipark« gelesen haben, ob Sie mit dieser Erzählung einverstanden gewesen sind.

Er sagte, welche Erzählung. Und was für ein Lettipark.

Ein einziges Mal bin ich draußen, in der wirklichen Welt, der Frau begegnet, mit der sich Dr. Dreehüs seine Praxis teilte. Die Frau, die seinen Namen trug, oder er ihren, und von der ich nicht wusste, ob sie seine Schwester oder seine Ehefrau war. Ich begegnete ihr im Kaufhaus am Alexanderplatz in der Etage für Bettwäsche, Handtücher und sinnlose Dekorationsgegenstände, die ich nur durchquerte, weil ich beim Kundenservice gewesen war, und da entdeckte ich sie. Sie irrte melancholisch zwischen den Inseln mit gestapelten Handtüchern und flauschigen Duschwannenvorlegern herum, und ich folgte ihr unauffällig und geleitet von gehässigen Gedanken. Es tröstete mich, dass diese Analytikerin nichts Besseres zu tun hatte, als den Nachmittag im Kaufhaus zu vertun und das Geld, das sie mit Zuhören verdiente, für überteuerte Badezimmerartikel auszugeben. Sie war groß und schwer – wie Dr. Dreehüs –, sie hatte einen leicht o-beinigen Gang – wie Dr. Dreehüs –, sie war in seinem Alter, sie hätte seine Zwillingsschwester sein können. Sie trug rosafarbene, sicher teure Strumpfhosen, und ich ließ sie zwischen den Badematten mit dem sicheren Gefühl zurück, ihr wäre, so wie mir, nicht zu helfen. Als Dr. Dreehüs in der »Trommel« sagte, er wisse nicht, von welcher Erzählung ich spräche, und behauptete, er habe nie ein Buch mit Brief und Widmung aus dem Briefkasten geholt, gab es für diesen merkwürdigen Umstand zwei Erklärungen. Entweder Dr. Dreehüs log – oder seine Zwillingsschwesterfrau hatte das Päckchen aus dem Briefkasten geholt, geöffnet, hineingesehen, Brief, Widmung und Geschichte gelesen und, warum auch immer, entschieden, all das verschwinden zu lassen. Ich spürte noch in der »Trommel«, wie unwiderruflich das Buch in den Briefkasten gefallen war, durch nichts mehr zurückzunehmen, und hier stand Aussage gegen Aussage, waren wir binnen Minuten in einem kleinen Showdown gelandet.

Dr. Dreehüs brach das ab. Er nahm seine Zwillingsschwesterfrau aus der Schusslinie, indem er die leeren Hände hob, mit den leeren Händen einen Kreis beschrieb und sagte, nun, das lasse sich schlicht nicht mehr klären. Fakt sei, das Buch sei nicht bei ihm angekommen, er habe es nicht gelesen und werde das nun nachholen. Ich war angetrunken genug, um zu fragen, warum er das Buch nicht schon von sich aus gelesen habe, es war das erste Buch nach dem Ende der Analyse gewesen, er hatte von seinem Erscheinen sicher erfahren. Er antwortete mit einem Gedanken, den ich bis heute nicht richtig verstehe. Er sagte, er habe gedacht, dieses Buch sei nicht für ihn bestimmt gewesen.

Jede Geschichte hat ihren ersten Satz. Nicht der Satz, mit dem die Erzählung im Buch beginnt, sondern der Satz, mit dem sie in meinem Kopf beginnt. Manchmal ein Bild oder ein Augenblick, ein Blick auf etwas hin oder von etwas weg. Aber meist ist es ein Satz, den jemand zu jemandem sagt. Ich höre diesen Satz, und das Hören ist begleitet von einer nur sekundenlangen, aber eindeutigen und unmittelbar körperlichen Empfindung – ein Erschauern, Vorahnung, eine Gänsehaut. Da ist das Gesagte, ja. Information, Behauptung, Ansicht oder Frage, einige Worte aneinandergereiht, Punkt am Ende oder Fragezeichen oder Gedankenstrich – und da ist etwas ganz anderes, unterhalb oder außerhalb des Gesagten, ein doppelter Boden, ein Hinweis auf etwas, das ich nicht erkennen, nur erahnen kann. Jemand sagt dieses und sagt eigentlich etwas anderes und darunter etwas Drittes, von dem er selbst gar nichts weiß, und das zieht an mir vorüber, und im allerletzten Moment halte ich es fest. Ich hebe es auf, stecke es ein. Beinah Sehnsucht: Die eine Geschichte zu finden, in der eine Figur diesen Satz zu einer anderen Figur sagen kann, und damit verbunden ein Fixieren der Empfindung, und damit verbunden vielleicht eine Erkenntnis. Keine Auflösung, aber eine Annäherung. Die Dinge, die wir vor Jahren getan und gedacht haben und die plötzlich, wie in einer lang gezogenen Schallwelle und gänzlich unerwartet ein Resultat aufzeigen, und sei es noch so unscheinbar: Es ist ein Ergebnis.

Es gibt also diesen ersten Satz in meinem Kopf. Und dann die Suche nach einem Platz für diesen Satz und irgendwann eine Figur, die ihn tatsächlich sagen, und eine andere, für die er tatsächlich gemeint sein kann. Und dann gibt es den Tisch, an dem diese beiden sitzen, den Raum, in dem der Tisch steht, das Haus, in dem der Raum ist, den einer von beiden verlassen und ziemlich sicher nicht mehr wiederkommen wird. *So viel goldener Schnee im Licht des Türstocks.* Jede Geschichte, schreibt John Burnside in »What light there is« wird zum ersten Mal erzählt, oder anders, so schreibt es Christoph Ransmayr, Geschichten ereignen sich nicht, Geschichten werden erzählt, und noch einmal anders – so schreibt es Lars Gustafsson –, all diese Dinge, die sich ansammeln in einem Menschenleben.

Lade sie mit Bedeutung auf.

In den Jahren, die ich auf Dr. Dreehüs Couch gelegen habe, habe ich ihm von mir erzählt oder über mich gesprochen; man kann es nennen, wie man will: Letztlich habe ich ihm Geschichten erzählt.

Erzähl mir doch keine Geschichte.

Die Geschichten meiner Familie – die, die mir erzählt worden sind, und die, die mir eben gerade nicht erzählt worden sind, von denen ich aber geahnt habe. Meine eigenen Geschichten, die mir aber gar nicht gehören, die nichts sind als eine unsichere Fährte aus einem weit zurückliegenden Ungewissen über das Hier und Jetzt hinweg zu einem fraglichen Später hin. Ich bin, fällt mir ein, mit dem Sprechen in der Analyse so verfahren wie mit dem Schreiben einer Geschichte. Ich habe einen Anfang gemacht und von da aus einen Pfad geschlagen in ein gestriges Dickicht hinein, und bin dann, ohne Fazit, zurück aus dem Dickicht über den Anfang hin in eine Gegenwart gelangt, die an alles, was war, gebunden ist.

Ich kann für jede Geschichte, die ich geschrieben habe, auf diesen ersten Satz verweisen. Ich finde ihn wieder: der Kern, die kleinste Puppe, für die diese Geschichte erzählt worden ist in der Absicht, sie zu zeigen, zugleich zu verbergen. Ich finde den Satz wieder – das ist nicht richtig: Ich weiß ihn, und ich behalte ihn für mich. Wenn ich auf Lesungen darüber spreche, gibt es Leser, die sagen, sie hätten den Satz gefunden. Das macht mich glücklich. Es bedeutet, dass die Geschichte sich von mir abgelöst hat und auf einen anderen übergegangen ist. Ein Dibbuk. Ein heller Dibbuk, den außer mir noch jemand befragen will, ein geteiltes Rätsel. Manchmal wage ich es und lasse mir den Satz, den der Leser gefunden hat, zeigen. Manchmal verzichte ich. Das Zögern ist beidseitig, die meisten Leser sagen, sie hätten den Satz gefunden, behalten ihn dann aber für sich. Sie haben dieselben Absichten, sie folgen demselben Parcours des Zeigens und Verbergens. Einzig in dieser Erzählung »Träume« über meine Jahre der Analyse ist der Satz nicht wiederzuentdecken – ich weiß ihn nicht mehr. Entweder hat es ihn hier nie gegeben. Oder er ist in dieser Geschichte obsolet. Oder aber es ist etwas passiert, das eigentlich nicht möglich ist: Ich habe ihn nicht nur vor dem Leser, sondern auch vor mir selber versteckt, was die gesamte Analyse ad absurdum führen würde, ein Gedanke, mit dem ich völlig einverstanden bin.

In den ersten Wochen, vielleicht Monaten, vielleicht das ganze erste halbe Jahr lang habe ich, auf Dr. Dreehüs' Couch liegend, geschwiegen. Ich hatte in der ersten Stunde zu sagen versucht, worum es mir ging. In den darauffolgenden hatte ich nichts mehr gesagt. Ich hatte sein Zimmer betreten, mich auf die Couch gelegt, die Hände auf dem Bauch gefaltet und geschwiegen, bis Dr. Dreehüs sagte, tja. Die Stunde ist für heute vorbei. Er unterbrach mein Schweigen nicht, forderte mich nicht zum Sprechen auf, fragte mich nicht, warum ich schwieg, er machte mir keinen Vorschlag. Er kam mir nicht zu Hilfe.

Damals dachte ich das: Er kommt mir nicht zu Hilfe. Heute denke ich, er empfand mein Schweigen als Suche nach einem Anfang – und vermutlich war es das. Ich habe die Geschichten aussortiert, meine eigenen und die der anderen, ich habe nach den ersten Sätzen gesucht und entschieden – was will ich erzählen, und was will ich doch lieber verschweigen. Ich habe mich und die eigentlichen Geschichten in Sicherheit gebracht; erst dann, viel später, habe ich angefangen zu sprechen. Wenn ich so schreibe, wie ich in der Analyse gesprochen habe, oder andersherum, wenn ich in der Analyse gesprochen habe, wie ich schreibe, dann habe ich das Eigentliche immer zurückgehalten. Und wenn das so wäre, dann hat Dr. Dreehüs geschwiegen, nicht mit mir gesprochen, keine Frage gestellt, keine Antwort verschenkt, um mir das Eigentliche zu lassen. Damit ich weiterschreiben kann.

In der »Trommel« sagte Dr. Dreehüs, was er in den zehn gemeinsamen Jahren nie gesagt hatte – er bestellte für uns beide einen zweiten Gin Tonic, bot mir eine weitere Zigarette an, und der gelangweilte Barkeeper mixte die Tonics und rückte den Hocker, auf dem er hinter dem Tresen saß, ein wenig näher zu uns hin –, er sagte, wie geht es Ihnen denn.

Und ich sagte, ohne zu zögern, gut. Geht mir gut.

Und so war das. Es ging mir gut am Tresen dieser Bar, von der G. gesagt hatte, er habe sie nie zuvor gesehen und er sei überzeugt davon, dass sie am nächsten Tag, wenn er die Kastanienallee entlangkäme, auch nicht mehr existieren würde. Sie wäre wieder im Wurmloch verschwunden, es hätte sie, mitsamt Keeper, Zigaretten und Tonic nur für diese eine Begegnung gegeben und ich wusste, dass die Viertelstunde, die G. hatte auf mich warten wollen, schon lange vorbei und er nach Hause gegangen war; dass er an mich dachte, wusste ich auch. Ich hätte Dr. Dreehüs ein wenig ausfragen – die eine oder andere Vermutung abgleichen können, über die Information hinaus, dass er nur fünf Minuten von seiner Praxis entfernt lebte und nachts in Kneipen herumsaß. Kam er aus dem Westen oder aus dem Osten. War Frau Dr. Dreehüs nun seine Frau oder seine Schwester? Ich fragte nichts dergleichen. Es war ein wenig so, als stünden wir in diesem speziellen, scharf gestellten, frostigen Schlaglicht einer Short Story, die irgendwo beginnt, etwas einfängt, wieder abbricht, bevor es zu Conclusion und Fazit kommen kann. Ich weiß etwas über die Figuren einer Erzählung, wenn ich sie schreibe, im Grunde weiß ich alles: Geburt, Herkunft, Kindheit, Jugend, Alter und Geheimnis, aber es ist in keiner Weise notwendig, das zu konkretisieren, im Gegenteil. Es stört. Es verhindert den Blick aufs Wesentliche, die Konzentration auf den Augenblick. Ich wollte mit meinen Mutmaßungen über Dr. Dreehüs in der Unschärfe bleiben, um auf diese etwas zwielichtige und schöne, auch spielerische Weise mit ihm am Tresen sitzen zu können, und ihm schien es ähnlich zu gehen. Und also führten wir das, was wir beim zweiten Gin Tonic miteinander sprachen, nicht mehr besonders weit. Wir saßen einfach beieinander und rauchten, und manchmal lächelte er mir zu, und ich lächelte zurück.

Er sagte, das habe ich mir gedacht.

Ich sagte, was haben Sie sich gedacht.

Er sagte, ich habe mir gedacht, dass es Ihnen gutgehen würde. Ich habe mir keine Sorgen um Sie gemacht.

Ich sagte, Sie haben sich keine Gedanken um mich gemacht.

Er bedachte das kurz, dann sagte er, ja, vielleicht habe ich mir keine Gedanken um Sie gemacht. Ich war sicher, dass Sie klarkommen werden, und vielleicht war der Zeitpunkt, zu dem Sie gegangen sind, tatsächlich genau der richtige.

Ich hatte die Analyse beendet, nicht Dr. Dreehüs. Ich hatte sie ziemlich abrupt beendet. Möglicherweise hatte ich gehofft, er würde mich zurückhalten, aber natürlich hatte er das nicht getan.

Ich sagte, und weshalb waren Sie sicher, dass ich klarkommen würde.

Und er sagte, weil ich Sie, trotz allem, immer als ein wenig wehleidig empfunden habe.

Im Lauf der Analyse bei Dr. Dreehüs hatte ich meine Verbindung zu Ada aufgegeben. Die Verbindung zu den Mitgliedern ihrer Familie, ihres Stammes, war halbwegs beständig geblieben, zumindest die zu den entfernteren Mitgliedern, denen des äußeren Kreises; unter anderen die Verbindung zu Marco. Ada hatte uns gerne mit einem Wolfsrudel verglichen, nicht unbedingt weit hergeholt, und in unserem Rudel gab es den Alphawolf – die Alphawölfin – und um sie herum die engeren anderen Wölfe – Beta –, eine ganze Menge davon, und dann die

Gammawölfe, die das Rudel umkreisten, nicht zu ihm hin und nicht von ihm lassen konnten.

Ich nehme an, dass ich in Adas Augen eine Gammawölfin war.

Marco war auch Gamma.

Er kam, so wie Ada, aus Frankfurt, und sie kannten einander seit ihrer Kindheit. Sie hatten im selben Viertel gelebt, dieselbe Kindertagesstätte besucht, in den ersten Schuljahren auch dieselbe Schule, aber Ada hatte Abitur gemacht, und Marco war zur Armee gegangen. Dann war die Mauer gefallen, beide waren nach Berlin gezogen, beide hatten den Kontakt zu ihren Elternhäusern mehr oder weniger abgebrochen. Marco lebte in einer Zweiraumwohnung im Neubaugebiet, die zu manchen Zeiten nicht zu betreten war, weil er zur Verwahrlosung neigte und sich immer wieder zurückzog, niemandem begegnen wollte, aus den gemeinsamen Unternehmungen ausstieg. Dann gab es Zeiten, in denen er ausgesprochen vital war, umgänglich, kommunikativ, er veranstaltete unerwartet große Essen, er kochte gerne und gut, er war großzügig und konnte warm und zugewandt sein, das brach wieder ab, und er verschwand für Monate, um ebenso unverhofft wieder aufzutauchen, da zu sein. Ab und zu reiste seine Mutter aus Frankfurt an und brachte einen Korb Pfifferlinge mit und selbstgebackenes Brot. Er ließ sie in die Wohnung, sie putzte, räumte auf und reiste wieder ab. Das Verhältnis zu seinem Vater war schwieriger. Marco ließ sich verleugnen, sein Vater klingelte sich durch alle Wohnungen, in denen er seinen Sohn vermutete, legte in jeder Küche einen Zwanziger auf den Tisch und fuhr unverrichteter Dinge wieder nach Frankfurt zurück, wir kauften Bier und Dope von diesem Geld und riefen Marco an und sagten, er ist weg, du kannst rauskommen. Marco hatte einige künstlerische Ambitionen. Er wollte Regisseur werden, Filme drehen, er stellte sich mit drei Kurzfilmen an verschiedenen Filmhochschulen vor und wurde an jeder rabiat abgelehnt, fertigte in zwei Tagen eine Mappe mit Zeichnungen an, bewarb sich nebenbei an der Kunsthochschule, und sie nahmen ihn umstandslos. Seine Vorstellung von Bildern war sexuell aufgeladen, verstörend und gewalttätig, dann wieder auf eine zurückgenommene Weise poetisch und still. Er war ein massiger Mann mit außergewöhnlich schönen Zähnen, dunklen Lippen, tatsächlich wolfsgrünen Augen, er wusch sich selten, hatte immer dieselben Sachen an, trank und rauchte maßlos und wollte von Frauen außer Analverkehr nichts wissen, er hatte eine spezielle Weise, die Worte *große Brüste* auszusprechen, als handelte es sich um etwas Essbares, er war nach Adas Zusammenfassung ein Hochsicherheitstrakt, zu dem irgendwer schon vor langer Zeit den Schlüssel weggeworfen hatte.

Im Sommer kam er mit ins Haus am Meer. Er war der einzige Mann, der für alle kochen wollte, verschwenderisch üppige Gerichte mit Fisch und Fleisch, er war versessen auf Krabben, kaufte sie fangfrisch vom Kutter und pulte sie mit den Kindern auf der Terrasse vor der Küche, und der Boden war mit den blassrosa Schalen übersät, die unter seinen nackten Füßen zerknackten. Er kochte die Krabben tagelang aus und arbeitete mit dem Sud, er nannte das so – ich arbeite damit. Er wollte nie im Haus schlafen. Er schlug ein Feldbett im Schuppen auf und hängte sich in den heißen Nächten eine Matte zwischen die Pflaumenbäume, wenn wir ihn wirklich lange baten, spielte er Gitarre und sang dazu, vorzugsweise *Buenas Tardes Amigo Ola my best friend*. Er schrieb am Ende seines Studiums eine Abschlussarbeit mit dem Titel »Ich bin die Kugel in Kleists Kopf«, die nicht angenommen wurde, was ihm einerlei war, er ging dann einfach ohne Abschluss von der Schule und bekam eine erste Ausstellung in einer Galerie in Berlin Mitte. Am Tag nach der Vernissage stand er vor meiner Tür, und die linke Hälfte seines Gesichtes war wie verrutscht, der Mundwinkel hängend, das Lid hängend, das Auge halb geschlossen, er sah aus, als hätte er einen Schlaganfall gehabt. Wir gingen zum Arzt, der Arzt vermutete eine Fazialisparese, Gesichtslähmung infolge von Stress. Die Fazialisparese verschwand wieder, aber es gab andere Symptome, Ameisen in den Beinen, Wahrnehmungsstörungen, Tremor, Müdigkeit und grundlose Aggressivität, eine seltsame Verpeiltheit im Umgang mit alltäglichen Situationen. Marco konsultierte noch einen Arzt und einen weiteren und einen dritten, und schließlich bekam er eine Diagnose: Multiple Sklerose in ziemlich weit fortgeschrittenem Stadium.

Er verschenkte seine Bilder, räumte das Atelier im Monbijoupark und zog sich in seine Zweiraumwohnung zurück. Er stellte sich eine Feuerschale auf den Balkon und bat Besucher darum, Holz mitzubringen. Wenn ich ihn besuchte, saßen wir auf seinem Balkon am Feuer und sahen zusammen auf die Wiese des Wohngebietes, auf Wäscheleinen und schwarze Amseln raus, erstaunlicherweise nahmen die Nachbarn dieses Feuer nicht zur Kenntnis, sie ignorierten das. Das Feuer war Marcos Tribut an die Dinge, die ihm wichtig gewesen waren, und irgendwann ließ er auch das sein, und übrig blieb ein rußiger Streifen an der hellen Wand des Balkons, der anzeigte, wo er sich abgestützt hatte, wenn er im Morgengrauen die Glut gelöscht hatte, schlafen gegangen war. Er behielt den Pyjama an, bekam Essen auf Rädern, zog die Vorhänge zu und stellte den Fernseher aufs Trickfilmprogramm. Er ging der Krankheit entgegen, er ging direkt in sie hinein, wie in einen Wald oder in ein tiefes Wasser oder in ein leerstehendes, verlassenes Haus. Es gab einige Versuche, ihn zu Medikamenten, Logopädie, ergotherapeutischen Maßnahmen zu überreden, vergeblich. Er wurde schnell schwächer, er konnte bald nicht mehr laufen und nur noch schwer sprechen, Dinge festhalten, allein essen, und am Ende kamen seine Eltern, holten ihn nach Frankfurt zurück und steckten ihn dort, ohne lange zu fackeln, in ein Altersheim.

Ich habe ihn in diesem Altersheim ein paar Mal besucht. Der Zug von Berlin brauchte sechzig Minuten, das Heim lag am Bahnhof. Sie trennten dort Männer und Frauen voneinander, die Männer saßen in einem, die Frauen in einem anderen Aufenthaltsraum, und es gab auch keine gemeinsamen Mahlzeiten, weshalb Marco beschlossen hatte, sein Zimmer nicht mehr zu verlassen – er war nicht interessiert daran, mit alten Männern zu essen –, und die Heimleitung hatte das akzeptiert. Marco blieb in seinem Zimmer, und im Zimmer blieb er in seinem Bett. Ich besuchte ihn eine oder zwei Stunden, und wir sahen gemeinsam und schweigend in den Fernseher, in dem Yakari auf einem Wapiti-Hirsch über eine grasgrüne Steppe ritt, dann ging ich wieder los und fuhr zurück nach Berlin. Nach vielleicht einem Jahr bekam er eine schwere Lungenentzündung und musste intubiert werden. Er war wach und bei Bewusstsein, und der behandelnde Arzt soll ihn gefragt haben, ob er wolle, dass die Beatmung fortgesetzt werde, was bedeutet hätte, dass Marco die Lungenentzündung möglicherweise überstanden und zurück auf dieses Zimmer gebracht worden wäre, und Marco soll darum gebeten haben, die Beatmung einzustellen, was der Arzt tat. Marco starb in den Morgenstunden eines der ersten, oft so zerbrechlichen Tage eines Januars, es war seine Mutter, die mich anrief, um mir das mitzuteilen und zugleich zu erklären, dass niemand aus Berlin bei der Beerdigung erwünscht sei. Kein einziger der Freunde solle sich blicken lassen, die Familie wolle ihren Sohn im engsten Kreis unter die

Erde bringen. Marco gehöre zu dieser Familie – und nicht zu seinen sogenannten Freunden. Es seien letztlich seine sogenannten Freunde gewesen, die ihn hätten krank werden lassen.

Es muss Leute gegeben haben, die sich mit Marcos Eltern darüber auseinandergesetzt haben. Sein Freundeskreis war groß, und obwohl die meisten sich in den Jahren seiner Erkrankung von ihm zurückgezogen hatten, hatten sie ihn geliebt und verehrt, es war vielen ein Bedürfnis, das zu haben, was man unter diesen Umständen einen Abschied nennt. Die Familie erklärte sich schließlich dazu bereit, Marco aufbahren zu lassen und uns einen Gang zu dieser Aufbahrung zu ermöglichen, im Gegenzug mussten wir versprechen, der später stattfindenden Beerdigung fernzubleiben. Wir fuhren an einem grauen Wintermorgen nach Frankfurt – Fahrgemeinschaften in mehreren Autos, eine traurige Kolonne – und standen vor dem Bestattungsinstitut am Stadtrand vor dem Raum, in dem Marco aufgebahrt worden war, in einer langen Reihe an. Ohne, dass wir darüber gesprochen hätten, gingen wir, je nach Verfassung, Angst und Traurigkeit, zu zweit oder zu dritt in diesen Raum hinein und ich meine, dass ich zusammen mit jemandem war, der dann aber vor mir wieder rausging und mich für einige Minuten allein mit Marco ließ. Die Krankheit hatte ihm die Schwere genommen, seine Haare waren schütter, seine kräftigen Hände schmal geworden. Weil ich ihn im Altersheim besucht hatte, war ich wenig schockiert von seiner Zartheit, vielleicht war die Zartheit auch in seinen gesunden Jahren schon sichtbar gewesen. Seine Eltern hatten ihn für diese Aufbahrung angekleidet. Er trug Sachen, die er zu Lebzeiten nie getragen hätte, ein kariertes, akkurat gebügeltes Hemd mit steifem Kragen, darüber eine Strickjacke mit Reißverschluss und maritimen Applikationen auf der Brust, seine schütteren Haare waren zu einem Wasserscheitel gekämmt. Er sah aus wie der Mann, der er vielleicht geworden wäre, wenn er bei seiner Familie geblieben wäre – wenn er Ada nicht begegnet, ihr nicht nach Berlin gefolgt, in Berlin nicht an die anderen geraten wäre, wenn er nicht gehört hätte, wie Ada predigte, dass man seine Familie verlassen könne –, und seine Familie hatte ihn schlussendlich zurückgeholt und uns gezeigt, zu wem er gehörte.

Wem er zumindest am Ende gehörte.

Ich erinnere mich nicht daran, ihn in diesem Raum noch einmal berührt zu haben.

Ich erinnere mich an den Ausdruck seines mir bis heute vertrauten Gesichtes, verschlossen, gefasst. Abwesend.

Von diesem Bestattungsinstitut aus fuhren wir in eine Fabrik an der Oder, in der jemand Marcos Bilder aufgehängt hatte; in Endlosschleifen liefen, an die rauen Wände projiziert, die Filme, mit denen er sich an den Hochschulen beworben, in denen er sich massiv selbst verletzt und Leute dazu gebracht hatte, sich in strapaziösen Sitzungen von Maskenbildnern die Augenlider zukleben zu lassen und ihr Geschlecht vor der Kamera zu entblößen. Wir blieben lange in dieser Fabrik, obwohl die Heizung ausgefallen und es eiskalt war, wir fuhren erst im Schutz der Dunkelheit nach Berlin zurück. Einige Tage später betrat ich zur üblichen Zeit Dr. Dreehüs' Praxis, zog mir nicht die Jacke aus, legte mich nicht auf die Couch, sondern setzte mich auf den Stuhl neben der Couch und sagte, ich wolle die Analyse beenden. Es war vorbei.

Marcos Aufbahrung hatte die Dinge ins Gleichgewicht gebracht. Sie war so fürchterlich gewesen, dass mein eigener Schrecken, mein prätentiöses und, wie Dr. Dreehüs es in der »Trommel« nannte, wehleidiges Sortieren und Befragen der Ereignisse, die in meinem Leben schwierig gewesen waren, sich zurückzog: Mein Schrecken gab es auf. Ich gab es auf, diese Dinge benennen, sie kontrollieren zu wollen, es machte schlicht keinen Sinn mehr. Ich hatte den Eindruck, es ginge darum, zu antizipieren, anzunehmen – Traurigkeit, Erinnerung, das Unverlässliche und Wandelbare daran, und der erste Schritt nach dieser unerwarteten Erkenntnis schien zu sein, mit dem Sprechen und Hadern aufzuhören.

Abzubrechen, rauszugehen.

Dr. Dreehüs hatte schon in seinem Sessel am Kopfende des Sofas Platz genommen, sein Analytikergesicht schon aufgesetzt, das Gesicht, das ich in den unzähligen hinter mir liegenden Stunden aus den Augenwinkeln wahrgenommen hatte, während ich meine Jacke ausgezogen, meine Tasche abgestellt hatte. Zu kurz, um es fassen zu können, lang genug, um es als Maske zu begreifen, nicht im negativen, im direkten Sinn: der Ausdruck, den er annahm, wenn er sich auf den Analysanden einließ, Augen niedergeschlagen, Mundwinkel herabgezogen, konzentriert, und darunter, so kommt es mir heute vor, durchaus auf der Hut. Jetzt sah er auf und mich an, und die Maske glitt weg. Ich konnte sehen, wie überrascht er war, und ich konnte auch sehen, dass meine Ankündigung ihn verletzte. Ich hob die Hände und versuchte, etwas zu sagen, er wusste von Marcos Tod, der Aufbahrung, dem Verbot der Teilnahme an der Beerdigung. Ich versuchte zu sagen, dass ich am Ende einer Mutmaßung angelangt sei, zunächst nicht mehr weiterwisse, aber ich kam nicht auf den Punkt, und letztlich war es mir da auch schon gleichgültig, ob er mich verstand oder nicht, ob ich ausdrücken konnte, was ich ausdrücken wollte, oder ob ich und die Worte versagten. Es war egal. Wir saßen diese fünfundvierzig Minuten beieinander, einander gegenüber zum allerersten Mal. Dr. Dreehüs sagte, wie immer, nichts. Und ich sagte auch nichts mehr, und nach Ablauf der fünfundvierzig Minuten standen wir gleichzeitig auf, gaben uns die Hand, und ich verließ die Praxis.

Ich erinnere mich an den Moment, in dem ich über die Türschwelle trat. Es war wie in manchen Wiederholungsträumen meiner Kindheit, es hätte sein können, dass der Boden unter meinen Füßen nachgegeben hätte, die Wände des Hausflures sich aufgelöst und in etwas Zähes, Fluoreszierendes übergegangen wären, die Stufen hätten schwanken, sich voneinander entfernen können. Nichts dergleichen geschah. Ich ging einfach über die Schwelle, die Treppen runter, unten auf die mittägliche, winterliche Straße raus. Und nicht mehr zurück.

In der »Trommel« sagte Dr. Dreehüs dieses Wort – wehleidig. Und obwohl mich das verblüffte, war ich damit einverstanden und bin es heute noch. Es ist ein gutes Wort, und es hilft mir manchmal über bestimmte Befindlichkeiten hinweg. Ich bin nicht sicher, ob Dr. Dreehüs das gewusst hat, ob er es mir möglicherweise mitgegeben hat: ein Wort wie ein Talisman, ein Schutzwort.

Weh und Leiden.

Ich trank keinen dritten Gin Tonic mehr. Dr. Dreehüs versicherte mir, mein Buch zu kaufen, er wollte auf keinen Fall ein zweites Exemplar im Briefkasten und versprach, sich zu melden, wenn er die Geschichte »Träume« gelesen hatte. Er lud mich auf die Gin Tonics ein, und ich bedankte mich, verabschiedete mich von ihm und vom Barkeeper, trat aus der »Trommel« und zurück in die Welt. Es war schon früh, aber es wurde noch nicht wirklich hell, wofür ich dankbar war. Ich ging den ganzen Weg nach Hause zu Fuß, vom Prenzlauer Berg bis zum Weißensee, und ich war ausgesprochen glücklich. Es ist schwierig, zu sagen, warum ich unglücklich gewesen wäre, wenn sich herausgestellt hätte, dass Dr. Dreehüs ein Vollidiot gewesen wäre, es hätte an meinem zehnjährigen Selbstgespräch ja nicht wirklich etwas geändert. Aber es schien sich, unverhofft, gezeigt zu haben, dass Dr. Dreehüs in Ordnung war, dass er das eine oder andere von mir geäußerte Gefühl gekannt oder wiedererkannt hatte, dass wir doch miteinander kommuniziert hatten. Woran mache ich das fest? Ähnlich wie der Entschluss für eine Geschichte – woran mache ich fest, dass eine Geschichte eine Geschichte ist. Dass ein Wort, Satz oder Gegenstand Anfang einer Geschichte sein kann, ein Lot, das ich in einen tiefen Brunnen senke. Worauf verlasse ich mich da. Ich vermute, ich verlasse mich auf einen speziellen Instinkt. Auf diesen einen Instinkt, der dir sagt, dass etwas *fehlt,* nicht, dass etwas da ist. Dieser Ausdruck, den wir manchmal benutzen – verstehst du, was ich meine, wir sagen das, wenn wir nicht weiterwissen, und er ist immer Ausflucht, stillschweigende Abmachung; auch wenn ich nicht wirklich verstehe, was du meinst, ahne ich es, oder anders – ich würde es gerne verstehen. Und vielleicht reicht das aus.

Ich möchte mich darauf verlassen, dass es eine irgend geartete Form der Verständigung, der geteilten Wahrnehmung gibt. Und auch, wenn ich zu wissen meine, dass jeder für sich bleiben muss, scheint es mir trotzdem wichtig, das wider jede Vernunft und bis zum Schluss ändern zu wollen.

Einige Zeit nach meiner nächtlichen Begegnung mit Dr. Dreehüs, ungefähr ein Vierteljahr später, wurde Ada fünfzig Jahre alt. Wäre ich Dr. Dreehüs nicht begegnet, wäre dieser fünfzigste Geburtstag vermutlich an mir vorübergegangen, ich hätte an ihn gedacht, aber es wäre mir nicht eingefallen, Ada zu gratulieren. Die Begegnung mit Dr. Dreehüs hatte etwas verschoben, zu Ende und an einen neuen Anfang gebracht, und weil das lange nachklang, stand ich an diesem Abend Anfang Dezember vor dem Haus, in dem Ada immer noch lebte.

Und während ich das schreibe, daran zurückdenke, bin ich gar nicht sicher, ob das tatsächlich stattgefunden hat. Habe ich Ada besucht? Oder habe ich geträumt, dass ich sie besucht habe. Oder habe ich darüber nachgedacht, eine Geschichte zu schreiben, in der eine Frau eine andere Frau besucht, nachdem sie mitten in der Nacht ihrem gemeinsamen Analytiker begegnet ist; habe ich nach dem roten Faden gesucht, der dazu führen könnte, dass eine Person eine andere Person, die sie zehn Jahre lang nicht mehr gesehen hat, auf der Schwelle einer offenstehenden Wohnungstür umarmt. Im Rückblick bin ich bisweilen nicht mehr sicher, welcher Teil einer Erzählung stattgefunden hat und welcher ausgedacht ist, welcher Teil die sogenannte autobiographische Wahrheit birgt, wobei das am Ende ja vollkommen einerlei ist. Hätte ich eine Geschichte über einen solchen Besuch geschrieben, wäre der Anfang dieser Geschichte ein Gegenstand gewesen: eine Gitarre. Wenn ich also davon ausgehe, dass ich Ada an ihrem fünfzigsten Geburtstag tatsächlich umarmt habe, dann habe ich sie umarmt, weil mein Kind mich gebeten hatte, seine Gitarre mit nach Hause zu nehmen. Ich hatte mich mit meinem Kind getroffen, das von der Bandprobe kam, weiter durch die Nacht ziehen wollte und die Gitarre dabei hinderlich gefunden hatte, wir hatten beim Inder ein eiliges Reisgericht zusammen gegessen, ich hatte mein Kind mit all meinen üblichen sinnvollen und sinnlosen Ermahnungen ausgerüstet, dann hatte ich es ziehen lassen, war mit seiner Gitarre auf dem Rücken nach Hause gelaufen und hatte unvermittelt an Ada gedacht. An ihren Geburtstag. An die Jahre: Ich hatte gedacht, wann, wenn nicht jetzt, und war umgedreht und zu ihr gegangen. Die Gitarre auf meinem Rücken hatte daran einen Anteil. Sie machte, dass ich nicht ganz die war, die ich war. Ich war ein wenig eine andere, von außen gesehen eine Musikerin, es war möglich, dass ich von einem Konzert kam, das Gewicht des Instrumentes auf meinem Rücken war beruhigend, das Gefühl, eine andere sein zu können, entlastend. Und darüber hinaus war mein Kind groß, es gab so wenige Dinge, die ich noch für es tun konnte, es war tröstlich, zumindest seine Gitarre nach Hause tragen zu können, wenn ich schon auf das Kind, das sich jetzt auf die wilde Fahrt begab, nicht mehr achtgeben konnte. Ich war weitherzig auf der einen und wehmütig auf der anderen Seite, ich fühlte mich von der Gitarre beschützt wie von einem Panzer, und in diesem Schutz drückte ich auf Adas Klingelknopf und wartete, bis der Summer ertönte. Ich ließ das Licht im Treppenhaus aus, ein Detail, das ich in einer Geschichte begründunglos erwähnen würde, und stieg die drei Treppen zu Adas Wohnung hoch, in der ich früher so oft und zu diesem Zeitpunkt schon seit Jahren nicht mehr gewesen war.

Was hatte ich erwartet.

Ich hatte versucht, mich darauf einzustellen, dass sie mich nicht reinlassen würde. Ich hatte mir einige Gäste vorgestellt, durchaus komplizierte Konstellationen, Leute aus dem inneren Rudel, denen ich ebenfalls jahrelang nicht mehr begegnet war. Ich hatte angenommen, mit der Art von Blicken umgehen zu müssen, mit denen man sich ansieht, wenn man älter wird und sich lange nicht mehr getroffen hat, das abschätzige oder anerkennende Mustern des Alterungsprozesses, die sichtbare Erleichterung des anderen darüber, dass auch du und so weiter und so fort; ich hatte mich auf die für Ada typische atmosphärische Kälte unterhalb der zunächst großen Herzlichkeit eingestellt, und ich hatte mir vorgenommen, zügig ein Glas Alkohol zu trinken und zügig ein zweites. Alle meine Annahmen waren falsch. Ada war allein zu Hause. Sie stand an der Tür und lugte ins dunkle Treppenhaus, sie sagte vorsichtig, wer kommt denn da, und ich sagte, auf ihrem Absatz angekommen, aber noch im Dunklen, meinen Namen, und sie zögerte für den Bruchteil einer Sekunde. Und dann trat sie einen Schritt zurück, wiederholte meinen Namen, machte die Tür weit auf, bat mich rein, und wir umarmten uns.

Ada lebte mittlerweile – das hatte sich herumgesprochen – mit einer Frau zusammen. Ich hätte diese Frau gerne gesehen, vor allem den Umgang beider miteinander, aber die Frau war nicht da. Sie hatten sich gestritten, und die Frau war am Morgen von Adas Geburtstag ausgezogen. Ada schien darüber nicht traurig zu sein. Sie war ausgezogen, aber sie hatte Ada Blumen geschenkt, Iris, Disteln und Lilien, die auf dem Fensterbrett in der Küche standen, einziges Anzeichen für einen möglicherweise besonderen Tag. Es gab kein Fest. Keine Gäste, kein Essen, kein Champagner in Kübeln, kein Hauskonzert, an und für sich keine Musik. Ada saß schlicht in der Küche und trank ein Bier aus der Flasche. Im Zimmer nebenan saß ihr zweites Kind bei geschlossener Tür vor einem Computerspiel, in dem hörbar jede Menge Waffen im Einsatz waren, und in Adas Schlafzimmer lag ihre große Tochter im Bett, die sich den runden Geburtstag ihrer Mutter ausgesucht hatte, um sich die Weisheitszähne ziehen zu lassen. Ich setzte mich kurz zu Feli an die Bettkante, ich legte die Hand auf ihre dicke Backe. Hätte sie sich nicht die Weisheitszähne ziehen lassen, wäre sie mit meinem Kind zusammen auf wilder Fahrt gewesen, es hatte sich ergeben, dass unsere Kinder miteinander befreundet waren, auch wenn wir nicht mehr miteinander befreundet waren oder gerade deshalb: Die Kinder hingen an den Sommern, der Struktur der Kommune im Haus am Meer, allem Anschein nach wollten sie das fortsetzen, konnten sie sich, im Gegensatz zu den Erwachsenen, nicht voneinander trennen. Wenn Feli von meinem Auftauchen überrascht war, ließ sie sich das nicht anmerken. Sie hielt meine kühle Hand eine Weile fest, dann ließ sie los. Ich ging zurück in die Küche, in der Ada mir ein Bier auf den Tisch gestellt hatte, die Küche war unverändert, das gleiche auserlesen leichtfertige Durcheinander wie je, nur die Passfotostreifen am Küchenschrank waren neu, und die Tür hatte einen Tafelanstrich bekommen, auf den jemand mit Kreide den Satz *Es ist hell genug, um zu sehen, dass es dunkel wird* geschrieben hatte. Noch immer das Bücherregal an der hinteren Wand, es hatte mich schon vor fünfundzwanzig Jahren beeindruckt, dass Ada ihre Bücher in der Küche stehen hatte, und auf dem Fensterbrett lagen um die Vase herum die Dinge, die ihr in die Hände gefallen waren und denen sie Wert und Bedeutung verliehen hatte, bis sie sie, umstandslos und von einem auf den anderen Tag fallenlassen würde; an diesem Abend Hühnergott, Holzfisch, Jaxon-Kreide. Die Wände zwischen Regal und Spüle waren von der Leiste bis zu einer Höhe von einem Meter noch immer mit dem Wachsfarbenkrickelkrakel des zweiten Kindes bemalt, selbstverständlich hatte das zweite Kind an die Wand malen dürfen, es war dazu nachgerade aufgefordert worden. In diesen Wochen hatte es, berichtete Ada, keine Lust mehr gehabt, in die Schule zu gehen, sie werde es in keiner Weise in die Schule zwingen, jetzt habe der Kindsvater das Jugendamt vorbeigeschickt, und die Lage sei anstrengend. Ada wirkte nicht so, als wäre die Lage zu anstrengend, und sie berichtete mir von all diesen Querelen, als hätten wir uns in der Woche zuvor zum letzten Mal gesehen.

Vertraut.

Wir saßen vertraut an ihrem Tisch am Fenster mit Blick in den Hinterhof zu den hellerleuchteten Fenstern der Leben der anderen rüber und stießen miteinander an – alles Gute zum Geburtstag für dich –, und wir waren bei aller Vertrautheit doch auch gerührt, auf eine etwas verlegene Weise bewegt. Wir erzählten dieses und jenes, dann kamen wir zu den Sommern, sie fragte nach dem Zustand des Hauses, nach meinem Onkel, auch ein wenig nach dem Schreiben, aber weiter führten wir das nicht. Ich erzählte nichts von meiner Begegnung mit Dr. Dreehüs, die Ada sicherlich äußerst interessant gefunden hätte, ich behielt sie für mich. Ich erzählte auch nichts von der Geschichte »Träume«. Ich war mir ziemlich sicher, dass Ada sie gelesen hatte, und wenn sie sie gelesen hatte, dann wusste sie, dass ich über sie hinweg war.

Sie schien zu wissen, dass ich über sie hinweg war.

Feli kam in die Küche, machte sich ein Gläschen Babybrei warm und setzte sich zu uns; anmutiges Mädchen mit langen Gliedern, blanken Augen, sie hatte das offenbar schon gelernt: Du kannst Menschen dein halbes Leben lang nicht sehen, dann siehst du sie wieder und knüpfst an, wo du aufgehört hast, du machst einfach weiter – echt, das machst du. Die Jahre zwischen den Begegnungen spielen keine Rolle, die Menschen schreiben sich in deinem Leben weiter und fort, egal, ob du sie siehst oder nicht siehst – egal. Das jüngere Kind unterbrach den Gewaltexzess am Computer – Ada legte Wert darauf, dass es sich um ein Spiel handele, das jüngere Kind würde, so oder so, spielen, wer würde das einem Kind verwehren wollen –, kam in die Küche und holte sich ein Stück Cheddar aus dem Kühlschrank; es kam äußerlich bedauerlicherweise sehr nach seinem Vater, wirkte abwesend, gab mir gleichgültig eine schlaffe Hand und zog sich wieder zurück. Als es vier Jahre alt gewesen war, hatte ich ihm zu Weihnachten eine Spielzeugpistole geschenkt, mit der es auf der Stelle seine Mutter erschossen hatte, ohne zu zögern, als hätte es nur auf dieses Geschenk gewartet, danach hatten wir uns nicht wiedergesehen. Als Kindergartenkind hatte Ada es die Treppen zum Kindergarten hochgetragen und auf die Frage einer anderen Mutter, warum sie dieses große Kind noch immer tragen würde, geantwortet: weil ich es liebe, eine Antwort, an die ich denke, wenn ich mit meinem eigenen Kind in die Turbulenzen der Nähe und Distanz gerate, wenn ich es ziehen lassen, ihm vertrauen, dem Schicksal vertrauen muss. Adas zweites Kind schien, in dieser Wohnung, bei seiner Mutter und seiner Schwester, in einer Sicherheit zu sein, die einerseits bestimmt richtig war und ihm das Leben andererseits vermutlich nicht einfacher machen würde. Wer bin ich, das zu beurteilen. Ich sah Ada an, sie sah sehr schön aus, ihre Haare waren schwarz und silbern, der unnahbare Ausdruck ihres Gesichtes verschärft, die Distanziertheit wie eingefasst. Ich sah Feli an und diesem jüngeren Kind hinterher, und Ada ließ mich hinsehen; sie hatte ihrerseits einige Wochen zuvor ein Konzert besucht, auf dem mein Kind total betrunken seine Premiere als Frontmann seiner Band begangen hatte, ein Konzert, bei dem ich aus guten Gründen nicht gewesen war – Ada und ich hatten voreinander diesbezüglich nichts zu verbergen.

Ich blieb bis Mitternacht. Dann nahm ich die Gitarre meines Kindes wieder auf den Rücken, wir verabschiedeten uns voneinander, warm und ziemlich innig. Seitdem hat es keine weitere Begegnung zwischen uns gegeben.

Die Wahrheit.

Ich schwöre, die Wahrheit zu sagen, die reine Wahrheit, nichts anderes als die Wahrheit. Als ich Anfang dreißig war, hatte ich einmal zu Ada, nachts um vier und in einer Bar, gesagt, ich wolle nie mehr lügen, und sie hatte unfassbar lange darüber gelacht. Der Mann, mit dem ich all die Jahre der Analyse über verheiratet gewesen bin, hatte zu meiner nächtlichen Begegnung mit Dr. Dreehüs eine ganz eigene Ansicht gehabt. Ich hatte ihm nicht am Morgen danach, erst Monate später davon erzählt. Am Morgen danach hatte ich seine Frage nach meinem Abend mit G. ausweichend beantwortet und meine Begegnung mit Dr. Dreehüs für mich behalten, eifersüchtig, wie ein Zwerg seinen Stein, seinen Schatz. Sie war ein Schatz, ich wollte sie nicht teilen, und vermutlich wusste ich auch, was mein damaliger

Mann dazu zu sagen hatte. Ich ahnte es. Monate später erzählte ich ihm in einem Moment von Schwäche und Zutrauen doch davon, in einem Verstehst-du-was-ich-sagen-will-Moment. Er verstand nicht, was ich sagen wollte, oder er verstand besser als ich, was ich sagen wollte. Er behauptete, dass ich im Grunde meines Herzens an nichts anderem interessiert gewesen sei, als daran, mit Dr. Dreehüs ins Bett zu gehen, ein Plan, der daran gekoppelt sei, dass ich eigentlich mit Ada hätte ins Bett gehen wollen, und die Begegnung nachts in dieser Kneipe sei für mein Vorhaben der ideale Zufall gewesen. Und nur, weil ich dann erstaunlicherweise doch klüger als meine Begehrlichkeiten gewesen sei, hätte ich es bei zwei Stunden am Tresen, Gin Tonics und Zigaretten belassen. Auch Dr. Dreehüs habe die Analyse über zehn Jahre hinweg sinnlos ausgedehnt, weil er habe herausfinden wollen, ob ich mit ihm ins Bett gehen würde, obwohl er eigentlich mehr an Männern interessiert sei, was mein Mann wusste, weil er ihm, im Gegensatz zu mir, einmal vor der Praxis und in der sogenannten Wirklichkeit begegnet war und Dr. Dreehüs ihm einen Blick zugeworfen habe, der nach Aussage meines Mannes absolut eindeutig gewesen sei.

Gut.

Ich möchte das so stehen lassen. Es spielt eigentlich keine Rolle, ich füge es allem anderen nur hinzu, weil es die Dinge weiter ins Offene zieht. Letztlich gibt es für alles, was wir tun, immer mehrere Gründe – die, von denen wir wissen, und die, von denen wir ahnen. Und die, von denen wir nichts wissen. Und letztere sind womöglich die stärksten und die triftigsten.

Dr. Dreehüs schrieb mir einige Wochen nach unserer Begegnung einen kurzen, freundlichen Brief. Er schrieb, er habe die Geschichte »Träume« gerne und mehrfach gelesen und sich an ihr erfreut. Er schrieb – ich zitiere – *was für eine unermüdliche Detailarbeit, alles so geschickt zu verfremden, zu entstellen, dass am Ende nichts mehr richtig ist, aber alles wahr.*

Und er fügte hinzu: *wäre schön, von Ihnen zu hören.*

II.

Ich habe über die Begegnung mit Ada am Abend ihres fünfzigsten Geburtstages keine Geschichte geschrieben. Vielleicht habe ich hier einen Entwurf gemacht, den Anfang einer Geschichte entdeckt, die ich einmal schreiben könnte. Vielleicht aber hat sich mit diesem Text eine mögliche Geschichte über einen fünfzigsten Geburtstag auch erledigt, es ist häufig so, dass ich die Dinge, einmal ans Licht geholt, als schon geopfert und also verloren empfinde. Die Geschichte über den Abend von Adas Geburtstag würde, schriebe ich sie, weniger von diesen Stunden in der Küche erzählen, sondern mehr davon, dass wir uns danach nicht wiedergesehen haben. Sie würde das nicht erzählen, sondern mit dieser Feststellung enden müssen. Das ist das Zentrum der Geschichte: das Nichtstattfindende, Fehlende. Das Versäumnis.

Das Versäumnis wäre, wie eigentlich immer, der springende Punkt.

Ich habe auch über Marcos Aufbahrung im Bestattungsinstitut an der Peripherie von Frankfurt keine Geschichte geschrieben, ebenso wenig eine über unsere Nächte auf seinem Balkon mit Blick aufs Wohngebiet, auch keine Geschichte über die Besuche im Altersheim, die Stunden an seinem Bett, die eindrücklich gewesen sind. Zu einem dieser Besuche hatte Marco unvermittelt gesagt, ich bin ein König, ein Satz, der zu ihm passte und den ich nicht hinterfragte, er hatte recht. Er war in diesem Bett in dem trostlosen Zimmer mit dem Fernseher, dem leeren Resopaltisch am Fenster, dem Rollstuhl, den er nicht benutzte, weil er das Zimmer nicht verließ, und den Fotos seiner Familie, die seine Mutter über dem Bett an die Wand gehängt, an diese Wand genagelt hatte, damit er nicht vergaß, woher er kam, ein König gewesen. Keine Geschichte über Marco, obwohl Sätze wie dieser mir im Gedächtnis bleiben, für den dunklen Zauber einer Geschichte so naheliegend, eigentlich unwiderstehlich sind. Aber anders als die fragliche Begegnung mit Ada an ihrem Geburtstag, hat Marcos Aufbahrung mit einer schrecklichen Gewissheit stattgefunden. Das Jahr im Altersheim hat stattgefunden, der Abschied hat stattgefunden, und deshalb habe ich keine Geschichte darüber geschrieben. Marco ist weg. Die Leerstelle seines Fehlens ist hier nicht theoretisch, nicht romantisch, sie ist nicht meine oder seine Entscheidung, sie ist ein schlichter Fakt. Es gibt Sätze, die zu nah dran sind an der Wirklichkeit. Sie gehören der Wirklichkeit, sind von der Wirklichkeit nicht zu trennen.

Sie haben kein Geheimnis.

Sie sind eindeutig, eine Wahrheit, an diesen Sätzen gibt es nichts zu rütteln. Sätze, die in eine Geschichte hineinführen, kommen aus der Zwischenwelt, sind zwielichtig, interpretierbar, veränderbar, was bedeutet, dass die Welt veränderbar ist. Ich kann die Welt, meine Welt, mit einer Geschichte verändern. Zwei Seiten. Sieben Seiten. Schmelzpunkte. *What light there is.* Das ist, was ich zu wissen meine. Und darüber hinaus gibt es natürlich das, was die Geschichten wissen und was sie ohne mich, über meinen Kopf hinweg, beschließen. Möglicherweise werde ich viel später doch eine Geschichte über Marcos Aufbahrung schreiben, zielgenau an dieser Aufbahrung vorbei. Möglicherweise gibt es diese Geschichte schon, ich kann sie nur noch nicht sehen. Ich könnte sagen – ich träume sie noch.

Dr. Dreehüs hatte mir fürs Träumen eine Anweisung mitgegeben. Einen Vorschlag. Den Traum am Morgen, nachdem du ihn geträumt hast, aufschreiben, diese Version beiseitelegen, den Traum am zweiten Morgen nochmals aufschreiben, ein drittes Mal am dritten Morgen danach. Erst dann die drei Versionen nebeneinanderlegen und vergleichen – das Detail, das in der dritten Fassung unerwähnt bleibt, ist das Detail, für das der Traum geträumt worden ist.

Hat dieses Verfahren Hand und Fuß. Ist das abgesegnet, oder hat Dr. Dreehüs sich das für mich ausgedacht. Wie auch immer – es fiel mir wieder ein, als ich seinen

Brief las. Sein Eindruck meiner Arbeit, der Gedanke, am Ende der Geschichte sei nichts mehr richtig, aber alles wahr. Die unermüdliche Detailarbeit des Streichens, als gäbe es eine Parallele zwischen der Arbeit am Text und der Arbeit an den Träumen.

Ich habe diese Art der Traumdeutung selten angewendet, weil ich zu wenig träume. Dr. Dreehüs wird über den Mangel an Träumen enttäuscht gewesen sein – ein Satz, der in der Erzählung vorkommt, *war über diesen Mangel an Traummaterial enttäuscht*. Ich könnte meine Neigung zum Einkapseln von Sätzen, mein Bedürfnis, einen Kokon um einen Augenblick zu spinnen, eine frühkindliche Prägung nennen. Ich träume nicht, weil ich ohnehin unentwegt damit beschäftigt bin, die Dinge zu verbergen, sie mir vom Leib zu halten. Oder andersherum – vielleicht träume ich nicht, weil ich schreibe.

Wenn ich an meine Kindheit denke, schreibt Guntram Vesper in »Lichtversuche Dunkelkammer«, *erinnere ich mich an Erlebnisse wie Chiffren, die das enträtselten, was um mich herum und mit mir geschah.* Mir geht es umgekehrt – Erlebnisse sind Chiffren, die das, was um mich herum geschieht, verrätseln, es entgrenzen, vervielfachen, steigen lassen und am Ende unverstanden einfach wieder auflösen.

In meiner Kindheit habe ich einen Traum geträumt, der so eindrücklich gewesen ist, dass ich ihn bis heute erinnere. Der Traum ist mit der Puppenstube verbunden, die mein Vater für mich gebaut hat und mit der ich viel gespielt habe, obwohl ich das Wort *Spielen* heute nicht mehr mit dieser Puppenstube in Verbindung bringen will; es war kein Spiel, oder es war mehr als ein Spiel.

Die Puppenstube war groß. Ein Haupthaus, das so hoch war wie ich im Alter von sieben, zwei Flügelhäuser rechts und links. Sie war einem Lübecker Bürgerhaus nachempfunden, mein Vater hatte sich verausgabt. Eingangshalle, geschwungene Treppe, Galerie, erster Stock, zweiter und dritter, Küchen und Bäder, Esszimmer, Schlafzimmer, Salon und Bibliothek. Es gab Kamine, Standuhren, Bücherregale, Sekretäre, ein Klavier und Spiegelchen, Vorhänge aus Samt, winzige Kronleuchter und eine streichholzkopfgroße Klingel an der zweiflügeligen Eingangstür.

Das war der äußere Schein.

Dahinter verbarg sich eine zweite Puppenstube – eine Puppenstube der Verstecke. Fall- und Tapetentüren, Schränke, hinter denen Kammern verborgen waren, Wände, die aufschwangen und fensterlose Verliese freigaben. Ich habe meinen Vater nicht gefragt, was er sich dabei gedacht hatte. Ich vermute, er wollte mich darauf hinweisen, dass es Geheimnisse gibt. Räume hinter Räumen. Doppelte Bedeutungen: Ich sollte wissen, dass nichts so war, wie es zu sein schien. Unsere Familie hatte, wie sicher jede Familie, Geheimnisse. Sie hat sie noch. Die Puppenstube war, denke ich heute, ein Exerzierplatz.

In meinem Traum war ich wach, und ich lag in meinem Bett. Das Zimmer dunkel, bis auf das matte ovale Licht, das durch die Glasscheibe in der Tür auf den Holzfußboden fiel, und weit weg von dem Zimmer, in dem meine Eltern abends zusammen saßen. Ich war hellwach, und ich sah, wie durch dieses tiefe Zimmer ein koboldhaftes Wesen huschte. Bucklig und lautlos, es huschte hierhin und dorthin und zuletzt in die Puppenstube hinein; ich habe immer mehr Angst vor kleinen, als vor großen Wesen gehabt. Ich rief nach meinen Eltern. Ich schrie nach meinen Eltern, es dauerte ewig, aber schließlich kamen sie, machten Licht, belächelten mein Entsetzen, leuchteten die Puppenstube aus und entdeckten naturgemäß nichts, weil das Wesen sich in einem der Verliese verborgen hatte. Mein Vater wusste, dass es sie gab. Ich wusste, dass das Wesen da war. Und es half nichts, meine Mutter zurrte die Decke um mich herum wieder fest, dann gingen sie raus, ließen mich allein, ich lag auf dem Rücken, lauschte, starrte den Umriss der Puppenstube an, in der sich etwas Böses verschwiegen zusammenzog. Ich wusste, dass Etwas da war, wiederkommen würde, und das ist das Ende des Traumes, hier gehen Traum und Wirklichkeit ineinander über.

Sicher gibt es ein Detail, das ich vergessen habe. Dieses eine winzige Detail, für das ich den Traum – Angst, Herzklopfen, nicht vermittelbarer Schrecken sind zeitlos, in meiner Erinnerung wie eingefroren – geträumt habe.

Was habe ich vergessen.

Die Puppenstube hatte Bewohner. Eine Familie, Vater, Mutter und einige Kinder, Großeltern, Onkel und Tanten, Figuren aus Holz mit Haaren aus Wolle, Hemden aus Filz, die Gesichter mit runden Augen, lächelnden Mündern bemalt; ich habe eigentlich nur mit einer gespielt, einem Mädchen in einem roten Kleid, braunen Stiefeln und zwei Zöpfen: Anna. Die anderen Figuren waren da, anwesend, aber ich erinnere mich nicht, sie eingesetzt zu haben. Das Mädchen Anna war innerhalb der Familie emigriert. Ein Waisenkind, das sich vor etwas verstecken musste, und das tat ich, wenn ich mit ihr spielte. Ich versteckte sie.

Heute steht die Puppenstube im Haus am Meer in der Diele unter dem Dach. Das Haupthaus – die Seitenflügel sind verschwunden, ein Großteil des Mobiliars ist verlorengegangen, fast alle Figuren sind weg. Die Zimmer sind verwüstet, die wenigen übrig gebliebenen Gegenstände kaputt, ein dreibeiniges Tischchen, ein Bettchen mit aufgerissenen Decken, die Bilder hängen schief an der Wand, die Spiegelchen sind gesprungen, das Treppengeländer ist zerbrochen, in dieser Puppenstube hat eine Bombe eingeschlagen, hier hat ein Krieg stattgefunden. Ich weiß nicht, wer sie so hinterlassen hat, ich habe selten Kinder mit ihr spielen sehen. Es sind etliche Kinder da gewesen, mein eigenes, Adas Kinder, die Kinder der anderen, die Kinder meiner Geschwister, ich habe keines dieser Kinder jemals so mit der Puppenstube umgehen sehen, wie ich das damals tat. Nicht wertend – eine Feststellung. Möglicherweise umgibt die Puppenstube eine Aura, ein Kreidekreis. Sie hat einen magischen Ring, der nicht zu durchbrechen ist, und die anderen Kinder sehen etwas anderes, als ich es als Kind gesehen habe. Ich weiß nicht, ob mein Kind, ob Adas Kind eine Tapetentür entdeckt, einen Zwischenraum aufgestoßen hat, zu einer der geheimen Kammern gelangt ist, ich habe keines der Kinder auf diese Räume hingewiesen. Die Verwüstung der Puppenstube hat nicht absichtlich stattgefunden, sie ist einfach geschehen. Die Puppenstube ist, wie ein wirkliches Haus, verlassen worden, ein leeres Haus geworden, irgendwann ist ein Fenster eingeschlagen worden und ein zweites, dann sind die kleinen, dann die größeren Tiere ins Haus geschlüpft und haben Netze gewebt, Nester gebaut. Aus den Dachsparren sind die Birken gewachsen, in der Eingangshalle hat einer das Mobiliar zerhackt und ein Feuer angezündet, zwischen den Wänden hat sich diese Materie eingenistet, die anderen, die Schatten.

Gold, Patina, Dunkelheit.

Etwas daran ist richtig. Die hölzerne Sippe, diese freundlichen, einfältigen Gestalten mit den lächelnden Gesichtern, runden Köpfen, ist in alle Winde zerstreut, sie hat Arme und Beine gelassen, ihre Köpfe sind gerollt, zwischen den zerbrochenen Dingen liegen abgerissene Füße, abgehackte Hände herum. Augäpfel. Und es ist ungelogen so, dass einzig Anna übrig geblieben ist und dass ich sie entdecke, als ich auf der Suche nach dem roten Faden meines Schreibens ins Haus am Meer fahre, mich vor die Puppenstube setze und in ihre Zimmer spähe:

Das siebente Geißlein.
Immer noch da.

An die Wand gelehnt in einer Ecke neben einem Schrank, dessen Türen aus den Angeln gerissen sind. Ihr Filzkleid und ihre braunen Zöpfe, ihr Gesicht dunkler als ihre Arme, vielleicht habe ich sie vor fünfundvierzig Jahren immer am Kopf angefasst. Ich habe sie in dieser Ecke hinter dem Schrank mit dem Mobiltelefon fotografiert, ein Foto, das etwas so Gespenstisches hatte – das Zimmer ein Tatort, das Chaos ein Verbrechen –, dass ich sie daraus befreien musste, indem ich sie mit einer Bewegung, deren Heftigkeit mich erstaunt hat, genommen und in die Jackentasche gesteckt habe. Zu Hause wieder rausgeholt und auf meinen Schreibtisch gestellt habe. Einen Tag später ins Sommerhaus zurückgefahren bin, um ihr ein letztes heil gebliebenes Stühlchen zu holen.

Das Stühlchen steht jetzt links vom Computer, sie sitzt drauf. Sie sieht mich nicht an, sie kehrt mir den Rücken zu. Wir sehen beide aus demselben Fenster, wir sitzen beide auf einem Stuhl, sie reglos, ich mehr oder weniger reglos, es besteht ein Bezug zwischen mir und ihr. Sie ist keine Matrjoschka, in ihr ist keine kleinere, noch kleinere und eine allerletzte Puppe versteckt, aber natürlich ist doch etwas in ihr versteckt, und es kann sein, dass alle meine Frauenfiguren an dieses hölzerne

Mädchen gebunden sind, alle meine Geschichten in der Puppenstube angefangen haben. Mein Vater hat mir ein Haus gebaut, und er hat mir so früh wie möglich das Lesen beigebracht. Ich war vier, als ich zu lesen anfing und er also aufhörte, mir vorzulesen; auf eine Weise musste und konnte er nicht mehr für mich tun, und auf eine andere Weise mag das richtig so und genug gewesen sein.

Im vergangenen Jahr hat meine Schwester mir zu Weihnachten ein Buch aus unserer Kindheit geschenkt. Das zweite Weihnachtsfest, das wir nicht miteinander gefeiert haben, die Pandemie hat die Familie auseinandergetrieben, meine Schwester, die Mutter zweier Kinder ist und in Frankreich lebt, hat unter Omikron das Land nicht verlassen wollen. Ich habe Weihnachten mit meinem Kind und dem Vater meines Kindes verbracht, mein Kind hat das Weihnachtspaket meiner Schwester ausgepackt, und obenauf lag ein Buch, über das wir am Telefon, während eines dieser langen, wehmütigen Lockdown-Telefonate, einmal gesprochen hatten.

»Das gelbe Haus«. Das Buch wird nicht mehr verlegt, im Internet kursiert ein zerlesenes Exemplar für hundert Euro. Der vordere Einband, DIN A 4 aus dicker Pappe, zeigt ein gelbes Mietshaus mit drei Stockwerken und sechs Fenstern. Klappt man ihn auf, steht man im Haus. Das Treppenhaus auf der linken, auf der rechten Seite sechs Büchlein in drei Reihen übereinander geheftet, auf den Deckblättern sechs Türen, dahinter: die Wohnungen. Gelbe Wände, Kugellampen, blaugestrichene Stufen, Linoleumläufer, neben der Eingangstür ein Stiller Portier mit den Namen der Mieter – all das gleicht dem Haus, in dem wir groß geworden sind. Als ich Kind war, habe ich das Buch »Das gelbe Haus« geliebt. Seine inneren Büchlein aufzuschlagen, bedeutete, die Tür einer Wohnung zu öffnen, unsichtbarer Eindringling in einem anderen Leben zu sein. Die Concierge mit Kanari und Katze im Erdgeschoss, der Musiklehrer unter dem Dach, die friedliche Familie im ersten Stock. Die vibrierendste, unheimlichste Wohnung war die von A. Oswald im zweiten Stock, und sie war vibrierend und unheimlich, weil A. Oswald nicht zu Hause war. Klappte ich die Türseite auf, stand ich in einem dämmerigen Flur vor einer leeren Garderobe, von diesem Flur aus führte eine weitere Tür in ein verlassenes Zimmer, in dem eine Schildkröte hinter einem Vorhang hervorgekrochen kam.

Stille.

Als mein Kind dieses Buch vierzig Jahre später und an einem Ausnahmeweihnachten aus dem Paket seiner Tante nahm und es mir mit einem fragenden und skeptischen Blick überreichte, kam genau dieses Gefühl unvermittelt zu mir zurück – eine angespannte Erwartung. Ich hatte das Buch auf dem Schoß und lauschte, und zugleich stand ich in A. Oswalds verlassener Wohnung und lauschte – auf Etwas.

Die Tür zu der Wohnung, in der ich aufgewachsen bin, zu öffnen, bedeutete, im Geheimnis zu stehen. Unmöglich, andere Kinder ohne Ankündigung mit nach Hause zu bringen, ich konnte nicht einfach zu zweit oder zu dritt vor der Tür stehen, so wie alle anderen Kinder, die ich kannte (in meinen ersten sechs Lebensjahren kannte ich keins). Ich bin nicht in einem offenen Haus aufgewachsen – es mag damit zu tun haben, dass mich das »Gelbe Haus«, dass mich das Geheimnis der stillen Wohnung im zweiten Stock links so anzog. Unser Haus war ein Haus der Stimmungen, Ahnungen, Verfassungen, es war unsicher, unverständlich und für ein Kind absolut unberechenbar.

Ich bin mit meiner Großmutter aufgewachsen, was man unkonventionell nennen könnte, möglicherweise wäre das für die Verhältnisse ein unverfängliches Wort. Wir lebten mit meinen Eltern, also zu viert in Berlin Neukölln in einer weitläufigen, verwinkelten Altbauwohnung mit lichten, halblichten und dunklen Zimmern. Zugeräumte Kammern, Hängeböden, Kartons voller Papiere, Bücherregale, die vor die Flügeltüren geschoben waren, Bücher in Stapeln, Gänge durch Bücherstapel hindurch. Niemand putzte. Alles war staubig. In der Küche sammelte sich das Geschirr, neben der Wohnungstür alte Zeitungen, leere Flaschen, an der Waschmaschine Berge von Klamotten, die meine Mutter, wenn sie abends nach Hause kam, in die Maschine stopfte, bevor sie sich die Jacke auszog; meine Mutter verdiente das

Geld für die Familie. In den sieben Jahren, in denen ich ein Einzelkind gewesen bin, studierte mein Vater Mathematik und Physik; er war depressiv, möglicherweise wäre das ein unverfänglicher Ausdruck für seine Verfassungen. Meine Großmutter versuchte, den Überblick zu behalten. Sie beaufsichtigte mich, allerdings war sie nicht weniger depressiv, sie hatte Jahre in Nervenheilanstalten verbracht und war mit fünfzig schwer an Polio erkrankt, vollständig gelähmt gewesen, dann genesen, aber die linke Seite ihres Körpers blieb angegriffen und taub, sie war gehandicapt, empfand Berührungen als schwierig und wehrte sie ab. Ich kann mich nicht daran erinnern, dass bei uns gelacht worden wäre. Gesungen. Glück, eine einfache, einträchtige Form des Zusammenseins, ein gemeinsamer Ausflug, ein zufriedenes Abendessen – unvorstellbar, für das Wort Glück musste *Gott um Verzeihung gebeten werden.* Alles war zerbrechlich. Die Dinge waren in Kisten und Kästen verpackt, zugestellt, vor den Schränken standen andere Schränke, die Wohnung eine Wiedergabe der Puppenstube, die Puppenstube die Wohnung in Miniatur.

Meine Großmutter stand am Herd und kochte russische Brotsuppe. Suppe aus alten Brotkanten mit getrockneten Rosinen, verschrumpelten Äpfeln darin. Sie war in Petersburg geboren, ihre Muttersprache war Russisch, sie war in den Revolutionsjahren auf einem Schlitten nach Deutschland gebracht worden, manchmal trug sie eine silberne Brosche, die einer Troika nachempfunden war, bärtiger Kutscher, winziger Schlitten in rasender Fahrt von drei verbogenen Pferdchen gezogen, ich durfte die Brosche lange ansehen, niemals anfassen. Meine Großmutter war auf dem Schlitten zu ihren Großeltern gebracht worden, in das Haus am Meer. Sie blieb Jahre dort, als ihre Eltern wieder auftauchten, um sie nach Berlin zu holen, soll sie sie nicht mehr erkannt, vor ihrer Mutter einen Knicks gemacht haben. Ich wusste diese Dinge über meine Großmutter, wenn ich am Küchentisch saß und ihr zusah, wie sie in der Suppe rührte, sie hatte eine bestickte, zerknitterte Schürze umgebunden, die deutlich aussah wie ein Kostüm, ein ironisches Zitat. Sie war klein und zart, mager, ihr linker Arm immer unnatürlich weit vom Körper abgespreizt, als wollte die eine Hälfte ihres Körpers eigentlich woandershin, in eine andere Richtung, letztlich an einen anderen Ort, ihr Körper war in der Mitte geteilt, meine Großmutter in zwei Hälften zersprungen. Sie trug eine dicke Brille, der Suppendampf beschlug die Brillengläser, sie drehte sich blind nach mir um. Ich weiß nicht, woher ich diese Dinge über meine Großmutter wusste, wir haben nie darüber gesprochen. Wie war es gewesen, die eigene Mutter nicht wiederzuerkennen. In einer Apparatur zu liegen, die Eiserne Lunge hieß, in dieser Apparatur zu atmen, ich wusste, dass meine Großmutter mit Polio in der Eisernen Lunge gelegen hatte, ich habe sie nie danach gefragt. Es gab Geschichten, die gebetsmühlenartig wiederholt wurden – Petersburg, der Großvater meiner Großmutter, der Leuchtturmwärter gewesen war, Tafelsilber aus Tula, Plaid aus Katzenfell, in dem meine Großmutter durch den russischen Tiefschnee gefahren war. Und es gab die schweigenden Gebetsmühlen, viel lauter, geradezu dröhnend. Kriegsjahre, Nachkriegsjahre, Fragen von Schuld und Reue, dunkle Mechanik, Stückwerk von Andeutung, Abgrund, Schrecken. Meine Großmutter rührte in der Brotsuppe herum, neigte den Kopf, als hörte sie etwas in der Ferne, als erfasste sie gerade eine Wahrheit, dann sagte sie, ohne mich oder irgendwen im Besonderen zu meinen, wer am Morgen singt, den holt abends die Katze. Katze. Ihre Art, das Wort auszusprechen, die tiefe und präzise Befriedigung darin. Sie sagte, Hochmut. Kommt. Vor. Dem. Fall. Sie sagte, Spinneamabenderquickendundlabend. Sie kochte die Brotsuppe für meinen Vater. Mein Vater wollte Brotsuppe essen, mein Vater wollte in einem Krieg leben. Er lebte aber in einem Frieden. In dem seltsamen, zerrütteten Frieden der siebziger Jahre, und er saß, wenn er keine Zahlen schrieb, am hellerlichten Tag bei zugezogenen Vorhängen in einem grünen Sessel und hörte in quälender Lautstärke eine Musik, die ich viel später als Mozarts »Don Giovanni« erkannte, er weinte, und meine Großmutter konnte ihn weder daran hindern noch trösten, noch konnte sie mir dieses Weinen erklären; selbstverständlich dachte ich, er weine wegen mir. Er weine, weil etwas mit mir nicht in Ordnung war, weil mir etwas – fehlte. Wenn er nicht weinte oder nicht an seiner Doktorarbeit saß oder vor seiner Doktorarbeit saß – reglose Gestalt, Stirn schwer in die Hände gestützt an einem Tisch voller Zettel, zusammengeknüllte Zettel um den Tisch herum, ein von Zetteln überquellender Papierkorb und über alldem der diffuse blaue Rauch von Zigaretten – geriet er in Rage. Das Wort Jähzorn wurde in unserer Familie benutzt wie das Wort kalt, warm, groß, klein, ein Eigenschaftswort. Dein Vater ist jähzornig, meine Großmutter wies mich sachlich darauf hin. Der Jähzorn meines Vaters brach aus heiterem Himmel über mich, über uns herein. Mein Vater raste. Er zerstörte das Mobiliar, zerbrach Dinge, er zerfetzte, zertrat, zerriss sie, er wütete, er hatte Schaum vor dem Mund. Anfälle. Wenn sie vorüber waren, mussten sich alle hinlegen. Die Welt war vernichtet worden, die vernichtete Welt gehörte zur eigentlichen Welt dazu, die eigentliche Welt wurde nach kurzer Regeneration einfach wiederaufgebaut, wiedererrichtet, immer wieder von vorne. Atempause. Einfallendes Licht. Meine Großmutter legte die zierlichen, schwarz angelaufenen Silberlöffel aus Tula wieder ineinander, fegte die Scherben zusammen, fegte die Scherben in die umgestürzten Kisten hinein, stapelte die Kisten übereinander. Hustete. Berührte ihre linke Schulter mit der Kante ihres rechten Handgelenkes. Setzte die Baskenmütze auf, schnipste mit Mittelfinger und Daumen etwas fort, das über ihrem Kopf schwebte und das ich nicht sehen konnte, und ging für eine Weile aus dem Haus. Sie trug eine Mitschuld an der Verfassung ihres Kindes, sie trug diese Schuld ab, ein lästiges Schlamassel, in das ich irgendwie mit hineingeraten war. Ich weiß nicht, wer ich für meinen Vater gewesen bin, jedenfalls war ich nicht sein Kind. Ich war ein Enkelkind – das Enkelkind meiner Großmutter, die drei Kinder gehabt hatte, von denen das mittlere sich im Alter von zwanzig Jahren und kurz vor meiner Geburt das Leben genommen hatte. Du bist in ein Trauerhaus hineingeboren worden, meine Großmutter sagte das sehr gerne, das Wort Trauerhaus mit derselben Befriedigung ausgesprochen wie das Wort Katze. Sie sagte auch, du bist das Licht in unserer Dunkelheit, was mich verwirrte, niemand verhielt sich so, als wäre ich ein Licht. Die Hände meiner Großmutter. Ihre braune, pergamentene, altersfleckige Haut, ihre schmalen Finger, die sie manchmal nachdenklich krümmte und an meine Wange legte, eine Klaue, die immer kalt war. Ihr eigenartiger Geruch nach Kiefernholz, nach Ruß und heißen Steinen, zerriebenen Wurzeln. Ich habe meine Großmutter sehr geliebt. Sie beschützte mich auf eine passive Weise. Sie versuchte nicht, mir die Dinge zu erklären, sie ließ sie einfach laufen, sie musste sich überlegt haben, dass das der einzig richtige Weg war. Sie versuchte, bei mir zu sein, mehr konnte sie nicht tun. Sie hatte ihre drei Kinder unehelich bekommen, von ein und demselben Mann, meinem Großvater also; von Zeit zu Zeit wurde ich bei ihm abgegeben, ich erinnere mich daran, ihn gefürchtet und gehasst zu haben. In seinem verwahrlosten einzigen Zimmer, olivfarben, mit Rauch und Wärme ausgeschlagen, stand ein Billardtisch, unter dem ich sofort Platz nahm und für die Dauer meines Besuches nicht mehr hervorkam. Ich hatte immer ein Buch dabei, klappte es unverzüglich auf, hielt mir die Ohren zu und las, bis es vorüber war und irgendwer kam, um mich abzuholen, von meinem Großvater zu erlösen. Mein Großvater rauchte unablässig, trank Schnaps, saß oder lag auf einer ungemachten Schlafcouch vor einem niedrigen Tisch unter einer verstaubten Korblampe, an der Korblampe baumelte ein entsetzliches Äffchen aus Draht, auf dem Tisch stapelten sich Bücher, zerknickte Manuskripte und angebrochene Sardinenbüchsen um eine Schreibmaschine herum. Neben meinem Großvater saß eine Frau mit schmalen Augen, hüftlangen weißen Haaren, in einem Mantel aus räudigem Leopardenfell und die Handgelenke voller klimperndem Silberschmuck, sie rauchte Zigaretten mit einem Mundstück aus Meerschaum und beobachtete mich beharrlich, ohne zu blinzeln. Sie hörten die Musik, die auch mein Vater hörte, und warfen Kekse und Kronkorken unter den Billardtisch, als wäre ich ein wildes Tier, was ich letztlich vielleicht war. Mein Großvater besuchte uns nie. Ab und an kam sein jüngster Sohn zu Besuch, der Bruder, der meinem Vater geblieben war und den er, ich wusste das, jederzeit gegen den verlorenen Bruder eingetauscht hätte. Dennoch gab es ein Band zwischen ihnen, das sichtbar war, weil sie, wenn sie zusammen waren, meine Großmutter, ihre Mutter nachäfften, auf groteske Weise nachahmten. Ihr gespaltener Gang, ihre Redeweisen, ihr Aberglauben und Fingerschnipsen, ihre Angewohnheit, einzelne Zeilen von Gedichten vor sich hin zu murmeln und dann ins Leere zu lauschen, als gingen die Gedichte dort weiter. Ihre Kurzsichtigkeit, zornige Schreckhaftigkeit, Zweigeteiltheit, sie ahmten ihre Mutter mit einem Ausdruck nach, dessen totale Verzweiflung selbst für ein Kind offensichtlich war. Ich liebte meinen mir gebliebenen Onkel. Ich war mir sicher, dass ich den verstorbenen Onkel noch mehr geliebt hätte, aber diesen liebte ich auch. Er war nur fünfzehn Jahre älter als ich, mit Mitte zwanzig schon ein eindrucksvoller Alkoholiker, arbeitslos, ohne festen Wohnsitz, er trug eine Mütze mit Ohrenklappen und eine schaffellgefütterte zerrissene Lederjacke, er strahlte eine phantastische Selbstgewissheit aus. Meine Großmutter setzte sich gegen ihre Söhne nicht zur Wehr. Es war quälend für mich, dem Spektakel des Nachäffens zuzusehen, aber es gab etwas daran, von dem ich das Gefühl hatte, es wäre wichtig, es würde mir etwas verraten. Eine Schwäche meines Vaters. Einen Ausweg für mich. Mein Vater war, wenn sein Bruder da war, von mir abgelenkt, ich begriff das. Ich empfand eine Zäsur in seiner ansonsten unentwegten und ambivalenten Fokussierung auf mich, kaum wahrnehmbar, aber dennoch. Es gab sie. Mein Onkel verließ uns spät, und in den Nächten nach seinen Besuchen wandelte mein Vater im Schlaf, stand lauschend an der geöffneten Wohnungstür und wurde von meiner Mutter zurück ins Bett geführt, lag aber am Morgen unter dem zerschrammten Flügel, der seinem Vater gehört hatte, das Kissen vors Gesicht gepresst, dann stand er auf und heizte die Öfen an.

Was träumte er.

Ich habe ihn nicht gefragt.

Alles war da, ohne dass darüber gesprochen worden wäre. Ich kann mich, so oder so, nicht daran erinnern, dass gesprochen worden wäre. Es wurde gelesen. Gerechnet. Papier zerrissen. Jemand spielte Klavier. Meine Großmutter knackte Muskatnüsse, zerrieb Kakteen, verbrannte Beifuß und Salbei. Sie wisperte russische Vokabeln, legte Napoleon-Patiencen, wenn die Patience aufging, klopfte sie auf Holz, ging sie nicht auf, rieb sie den Kartentisch energisch mit Asche ab. Mein Vater zog die Vorhänge zu, weinte, dann zerschlug er das Geschirr. Grauenhaft. Meine Mutter kam unbegreiflich spät nach Hause, manchmal hatte ich den Eindruck, ich hätte mir meine Mutter nur eingebildet. Ich hätte von einer Mutter in Büchern gelesen. Die Türen der Kammern waren geschlossen, es war verboten, sie zu öffnen. Mein Vater behauptete, wir hätten einen Untermieter, einen Kleinwüchsigen, der im Hängeboden über der Dunkelkammer hauste, die Tür zum Hängeboden stand manchmal einen Spaltbreit auf, an einer Strippe hing ein Korken herunter, auf den Dielen waren Lorbeerblätter und Konfetti verstreut. Wer auf dem Hängeboden lebte, konnte durch diesen Spalt und die ovale Glasscheibe in meiner Zimmertür bis zu meinem Bett hin sehen. Es ist meinem Vater ein Anliegen gewesen, mich in Angst zu versetzen.

Als ich vier war, fuhr meine Großmutter mit mir in das Haus am Meer, in dem sie ihre Kindheit verbracht hatte. Ihre Tante war gestorben, meine Großmutter hatte Haus und Grundstück über Nacht geerbt, das Haus hieß Daheim, meine Frage nach dem Grund für diesen Namen blieb unbeantwortet. Im Erdgeschoss lebten Vertriebene, ein Wort, das ich genauso hinzunehmen hatte, eine vielköpfige rumänische Familie, mit der wir Garten und Plumpsklo teilten. Meine Großmutter bezog mit mir das obere Stockwerk, zwei Zimmer, dazwischen ein von Spinnennetzen zugewebter, fensterloser, feuchter Flur voller toter Motten. Sie besorgte einen Wasserkocher, Tomatensuppe in der Tüte und Dosenpfirsiche, und wir saßen in diesem Flur, tranken die Tomatensuppe aus Emaillebechern, löffelten die Pfirsiche aus der Konserve und wärmten uns die Hände über einem Teelicht.

Taten wir das, weil wir das mussten.

Oder stellte meine Großmutter sich eine Ankunft schlicht so vor, inszenierte sie die Welt für mich.

Kisten und Kästen, auch in diesem Haus Kisten und Kästen, eine Truhe, in der stockfleckige, hundert Jahre alte Wäsche gestapelt war und in deren weit aufgeklapptem Deckel meine Großmutter mir mit klammen Laken das erste Bett machte, bevor sie den Alkoven aufräumte, in dem ich schlief, bis ich zehn war. Sie war wegen ihrer unehelichen Kinder von der Familie verstoßen worden, sie hatte das Haus vierzig Jahre lang nicht betreten dürfen. Es muss eigen gewesen sein, plötzlich wieder dort zu sein, mit dem Enkelkind, dem hinter ihr liegenden, traurigschönen, schweren Leben. Wenn ich gerne meine Großmutter wäre, dann in diesen ersten Jahren der Rückkehr ans Meer. Sie war sechzig, so vieles war vorbei und überstanden. Sie ging, auch im Herbst und im Winter, im Hafenbecken baden, und ich durfte ihr dabei zusehen, wenn sie baden ging, sah ich sie nackt, sonst nie, sie war schamhaft und in ihrer Schamhaftigkeit herrisch. Nachts sangen die Vertriebenen in der Küche, klagten und warfen Gläser an die Wand, ich lag unter der schweren Entenféderdecke und lauschte, meine Großmutter saß in ihrem Bett, trank Sherry und las im funzeligen, ockerfarbenen Schein einer Klemmlampe Fontane, sie sagte, jetzt schlaf doch mal ein. Schlaf schon. Manchmal gingen wir zur Telefonzelle auf dem Dorfplatz und riefen meine Eltern an. Ich erinnere mich an den Rücklauf der Wählscheibe auf dem grauen Apparat, an die klimpernden Münzen in meiner Hand, das Gewicht des Hörers an meinem Ohr, ich erinnere mich nicht an das Gespräch. Als wir zurück in die Stadt fuhren, 650 Kilometer, eine damals noch lange Reise, weinte ich und steigerte mich ins Weinen hinein, bis wir angekommen waren, ich war ein theatralisches Kind. Meine Großmutter hatte zu diesem Weinen, wie zu allem Weinen, nichts zu sagen, bis auf einen einzigen Satz – du kannst ja wiederkommen.

Sie sagte, du kannst ja wiederkommen, ein Trost, den ich damals nicht begriff. Aber heute, in meinem zweiundfünfzigsten Jahr, begreife ich ihn.

Wie lange manche Dinge brauchen, bis sie dich erreichen.

Die Stadt, das war die verwinkelte, zugeräumte, verrückte Wohnung, Licht wie unter Wasser, Zimmer voller verwelkter Papageienblumen und Lilien, das Treppenhaus, in dem es nach nassem Linoleum, Essig und Kohlen roch, vor der Tür ein schwerer Vorhang aus Filz, das geheimnisvoll kupferrote Licht, das durch die Scheibe in den Flur fiel, und ich saß hinter dem Filzvorhang und wartete erbittert darauf, dass meine Mutter nach Hause kam. Die Stadt war das Kasperletheater, das mein Vater im Anschluss an die Puppenstube für mich gebaut hatte. Groß und wuchtig, aus grün lackiertem Holz mit einem roten Giebel, auf dem ein zähnefletschender Kater Geige spielte, mein Vater hatte prächtige Kulissen bemalt, Figuren gebastelt. Er verschwand mit meiner Mutter hinter dem Theater, und sie spielten »Jorinde und Joringel«, »Rapunzel« und »Ritter Blaubart«, vor allem immer wieder »Ritter Blaubart«; die Kulisse des Raumes mit den enthaupteten Frauen war eindrücklich, kopflose Torsi, die an Fleischerhaken von der Decke baumelten, aber ebenso eindrücklich waren die Hexen, ihre rot verbrannten Köpfe aus Ton, Hakennasen, ihr schwarzstruppiges Haar und ihre schrecklicherweise himmelblauen Augen. Ich flehte meine Mutter an, hinter dem Theater hervorzukommen. Meine Mutter behauptete auf Geheiß meines Vaters hin, nicht hinter dem Theater zu stehen, also auch nicht hervorkommen zu können. Es war unlösbar, ich musste mir selbst die Augen zuhalten. Das war die Stadt – mein Vater in seinem Sessel mit der Musik und der zur Faust geballten Hand an der Schläfe, eine Haltung, die ich bei meinem Großvater wiederentdeckte, aber bei meinem Großvater war sie spöttisch, bei meinem Vater entsetzlich. Ich wusste, dass mein Großvater, so abwesend er war, doch da war, dass er die Familie beherrschte und ihren Kummer mitverursachte; als er starb, war ich sieben und alles andere als traurig über seinen Tod.

Mein Vater ging zu seiner Aufbahrung und nahm mich mit. Ich wusste nicht, wohin wir gingen, mein Vater hatte beschlossen, mich mit dem Anblick meines toten Großvaters auf einem Podest in einer kalten Kapelle zu konfrontieren, ohne mich darauf vorzubereiten. Er hatte mehrere auffällige Kratzer auf den Händen, und als ich ihn danach fragte, sagte er, sie kämen von der Katze, die ich einige Wochen zuvor zu Weihnachten geschenkt bekommen hatte, ein Stofftier mit schwarzweißem Fell und jadegrünen Katzenaugen, das ich seit Weihnachten unentwegt mit mir herumgetragen hatte. Ich verstand nicht, wie sie meinen Vater gekratzt haben sollte, und er sagte, ihr Fell sei echt und damit sei die ganze Katze echt oder zumindest einmal echt gewesen. Er sagte, wie alles, was einmal gelebt hätte, habe auch diese Katze noch nach ihrem Tod, nach ihrer Umwandlung in ein Kuscheltier, bestimmte Reflexe gehabt und diese Reflexe hätten, ähnlich wie beim Huhn, das kopflos über den Hof läuft, zu Kratzen und Wehrhaftigkeit geführt. Er nahm das nicht zurück. Er sagte nicht, entschuldige, das ist selbstredend Blödsinn. Er ließ das so stehen, und wenn ich mich heute an diesen Weg zur Aufbahrung meines Großvaters erinnere, könnte ich denken, mein Vater habe den uns bevorstehenden Schrecken mit etwas brechen, er habe mich dann doch vorbereiten wollen, in genau der verqueren und verrückten Art, in der er mich letztlich auf beinah alles vorbereitete. Er hätte mir eine Geschichte von sich und seinem Vater erzählen können. Und das tat er nicht, oder er tat es indirekt, was ich als Kind natürlich nicht begriff. Er dachte sich eine Geschichte aus, die an dem, was stattfand, genau vorüberging, exakt und genau daran vorbei. Eine hässliche Geschichte und dennoch, oder gerade deshalb: Er beabsichtigte etwas, das nur weniger mit mir, als vielmehr mit ihm und seinem toten Vater zu tun hatte. Und etwas von dieser egozentrischen Absicht entdecke ich in mir wieder, wenn ich an den Moment denke, in dem ich eine Geschichte zu schreiben beginne – ein beinahe vollkommenes Alleinesein.

Aber damals habe ich das natürlich nicht gedacht. Ich habe, vor meinem aufgebahrten, endlich toten Großvater stehend, auf die Kratzer an den Händen meines Vaters gesehen, ich habe die schwarzweiße Katze nie wieder angefasst, sie war verdorben gewesen, der Leichengeruch meines Großvaters war auf sie übergegangen.

Meine Mutter. Meine Mutter war für Wege dieser Art nicht zuständig. Schwer zu sagen, wofür sie zuständig gewesen ist. Sie verdiente das Geld für die Familie, dafür war sie zuständig, mein Vater gab es aus – für Zigaretten, Bücher und zerschrammte Möbel, die er bei den Trödlern auf der Sonnenallee erstand und mit denen er die Zimmer verbarrikadierte. Wenn ich am Morgen aufstand, war meine Mutter schon lange aus dem Haus, sie kam erst abends zurück, beladen mit Einkäufen für uns, immer mit Blumen, fast verblühten Rosen, Dahlien, Fuchsien aus dem Blumenladen, in dem sie arbeitete, seitdem sie sechzehn war. Meine Mutter war eine ausgesprochen schöne Frau. Sie trug diese Schönheit in den Blumenladen, und dann trug sie sie wieder nach Hause. Sie ließ sich von meinem Vater häufig mit einer Rolleiflex fotografieren, zweiäugige Spiegelreflexkamera, in die er für meine Begriffe hinein sah wie in einen Abgrund und immer weg von der Person, die er doch fotografierte; sie nahm dann Posen ein, die mir heute als das Gegenteil ihres Wesens erscheinen, aber wer weiß, ich kenne meine Mutter nur als meine Mutter. In einer der Kammern der Wohnung war eine Dunkelkammer eingerichtet, wenn es meinem Vater gut genug ging, entwickelten wir die Fotos gemeinsam. Ich stand im engen Raum im roten Licht der Fotoentwicklungslampe neben ihm und sah zu, wie aus dem Bad in der Plastikwanne auf dem Fotopapier das Gesicht meiner Mutter auftauchte, immer in Schwarzweiß, herausfordernd und rätselhaft, wunderschön, vollständig fremd. Mein Vater dachte sich Drehbücher für Kurzfilme aus, die er mit der Super-8-Kamera drehte und in denen meine Mutter Blütenblätter verschlucken und die Deckel von Suppenterrinen hochheben musste, in denen Asseln übereinander krabbelten, sie sollte sich im Haus am Meer in die Truhe legen, als wäre die Truhe ein Sarg, und sie tat es.

Sie tat das.

Aber ich vermute, dass sie mit ihren Gedanken anderswo gewesen ist.

Sie rauchte ihre Zigaretten nie in der Wohnung, sondern nur auf dem Balkon, und sie rauchte von uns allen abgewandt, für sich und so entrückt, dass sich niemals jemand zu ihr gesellte. Sie schmückte das Treppenhaus mit üppigen pinken und gelben Gladiolen, sie trug eine Jacke aus lichtsprühendem Kaninchenfell, sie schminkte ihre Lippen, und an Tagen wie jenen, an denen ich mit meinem Vater zur Aufbahrung meines Großvaters ging, lag, wenn wir zurückkamen, auf dem Plattenteller eine Platte von Joan Baez. Meine Mutter konnte, im Wortsinn, unbekümmert sein. Sie hörte Donovan. Cat Stevens. Bob Dylan. Sie tat das, wenn sie für sich war, sie hatte, wie offenbar alle, ihr eigenes, ihr geheimes und trotz allem manchmal glückliches Leben, und vielleicht war sie zuständig dafür, mich genau das wissen zu lassen. Ihre Mutter hatte vergeblich versucht, die Hochzeit meiner Eltern zu verhindern. Sie hatte die Mutter meines Vaters aufgesucht und sie gebeten, diesen Albtraum von einem Sohn davon abzuhalten, das Leben ihrer Tochter zu ruinieren, die Bitte war nicht erhört worden. Meine Mutter muss versessen darauf gewesen sein, ihre Verhältnisse zu verlassen. Ihre Verhältnisse waren das Gegenteil der

Verhältnisse meines Vaters, vielleicht war meiner Mutter nur der Unterschied, nicht aber der Abgrund bewusst gewesen. Oder der Abgrund war ihr bewusst und sie hat ihn sich zugetraut. Zu Recht.

Meine Großmutter mütterlicherseits war schwer, kurzatmig, von Gicht geplagt, sie verließ selten die Wohnung, sie saß auf dem Balkon und beobachtete die Welt über Brüstung und Lavendel hinweg. Sie rauchte Lux-Zigaretten, trank Büchsenbier und Schnaps dazu, sie kam aus dem Wedding, sie war eine Blumenverkäuferin im »Kaufhaus des Westens« gewesen. Sie las keine Bücher. Sie las die »Bild«. Sie konnte ausgesprochen gut kochen. Sie sang Lieder. Sie sagte, lache das Leben an, und es lacht zurück – wenn du es anlachst; einzig das *wenn* schien ein Verweis auf die eine oder andere Schwierigkeit zu sein. Sie war selten zweideutig, der spinöse russische Aberglaube meiner anderen Großmutter war ihr unbegreiflich. Sie war liebevoll, auf direkte Weise zärtlich, sie wollte umarmt und geküsst werden, und sie wollte mich umarmen und küsste mich heftig. Aber in einem meiner wiederkehrenden Kinderträume stieg ich mit ihr zusammen die Treppen zu ihrer Wohnung hoch, was umständlich und langwierig war, sie war schwerfällig, hatte Schmerzen, schaffte drei Stufen, dann musste sie ausruhen; auf jedem Treppenabsatz stand damals, nicht nur in diesem Haus, ein Stuhl. Im Traum wusste ich, dass uns nur eine kurze Spanne Zeit blieb, um in ihre Wohnung zu gelangen, in Sicherheit zu sein, ich wusste, dass irgendwo in einem fernen Zimmer eine für uns bestimmte Uhr erst schlagen, dann verstummen musste und dass sich dieses Treppenhaus mit dem Verstummen auflösen würde. Die Wände würden aufleuchten, Farbe und Konsistenz ändern, zerfließen, einschmelzen, wir würden darin untergehen. Und in jedem Traum wusste meine Großmutter genau das nicht. Sie war ganz in ihr Steigen, ihre Schritte und Atempausen vertieft, sie hätte sich gar nicht beeilen, sie hätte nicht schneller gehen können. Immer schlug diese Uhr – weit weg, am Rand eines Lichtkreises und unveränderbar. Verstummte. Die Wände begannen zu phosphoreszieren, der Boden zu schwanken. Mein Herz hämmerte, dann wachte ich auf. Diese Großmutter war auf eine andere Art allein als die Mutter meines Vaters. Sie hatte drei gesunde, kräftige Kinder, und am Ende ihres Lebens sieben Enkelkinder, aber sie war allein. Sie starb allein. Als ich in die Schule kam, durfte ich nach der Schule zu ihr zum Mittagessen gehen, ein Schutzraum, bevor ich zurück nach Hause musste. Sie kochte, was ich gerne aß, im Gegensatz zu meinem Vater, der absichtlich kochte, was ich nicht essen wollte. Sie sagte, du musst nicht aufessen. Sie saß auf einer Bank neben dem Herd, hatte die gichtigen Hände im Schoß gefaltet und sah mir beim Essen zu.

Pellkartoffeln.
Weißkäse.
Gelbes Öl.

Meine Großmutter liebte es, mir beim Essen zuzusehen.

Sie fragte mich nicht aus. Sie fürchtete meinen Vater, aber sie forderte mich nie auf, ihn zu verraten, sie zog ihre Schlüsse auf ihre Weise. Als im Jahr 1979 die Serie »Holocaust« im deutschen Fernsehen lief, ging ich mit ihm zusammen zu meiner Großmutter rüber. Wir hatten keinen Fernseher. Sie hatte einen; die Verpflichtung, diese Serie zu sehen, muss stärker gewesen sein als die Verachtung zwischen ihnen, es muss eine Vereinbarung gegeben haben. Wir saßen zu dritt auf dem Sofa, ich in der Mitte. Mein Vater weinte, sein Körper wurde von Schluchzern geschüttelt. Mir war mein weinender Vater deutlich vertrauter, als mein nicht weinender Vater. Meine Großmutter saß rechts von mir, knackte Bierdosen auf, rauchte und beobachtete ihn aus den Augenwinkeln und über meinen Kopf hinweg, sie dachte sich ihren Teil. Ich lehnte mich an sie an. Heute weiß ich, dass der Vater ihrer Kinder, von dem sie sich in den fünfziger Jahren hatte scheiden lassen, bei der Totenkopf-SS gewesen war. Er starb, als meine Mutter achtzehn wurde, seine Mitgliedschaft wurde offenbar, als sie an seinem Sterbebett die Tätowierung an der Innenseite seines linken Oberarmes entdeckte. Ich denke manchmal an diese Abende in dem Wohnzimmer meiner Großmutter zurück, drei Generationen, zwei Kriege und das totale Schweigen, nach dem Ende des Filmes gingen wir sofort los. Wir gingen, während der Abspann lief, und die Vorstellung meiner vor dem Fernseher zurückbleibenden, ihren Gedanken, Erinnerungen und den Filmbildern ausgelieferten Großmutter erfüllt mich mit Trauer und Ratlosigkeit. Und darüber hinaus mit Schrecken.

Vielleicht ein Grundbild der Kindheit – Rätsel, in die du hineinwächst. Andeutungen wie Treidelpfade, Heimlichkeiten. Die geheimnisvolle Welt der Erwachsenen, ihr unbegreifliches Verhalten, ihre unberechenbaren Stimmungen. Die eigene Welt, begrenzt und entgrenzt zugleich, das Auftauchen von Strukturen wie das erste verwaschene Grau einer Dämmerung, das allmähliche Begreifen von Mustern, von Abhängigkeiten. Jede Welt ist mehrdeutig. Der Kohlenmann am Ende der Straße in einem Raum unterhalb der Erde, das Wort Souterrain, und er saß hinter einem Haufen schwarzsilberner Eierbriketts und hatte sich entblößt, sein erigiertes Glied schwarz von Kohlenstaub, die Eichel leuchtend rot, eine Koralle. Die Akustik der Hinterhöfe. Die Wärme des Dachbodens, auf dem alte Frauen in dampfenden Kesseln Wäsche wuschen. Leierkastenmänner mit Äffchen an Ketten. Scherenschleifer. Das geteilte Berlin, Sonntagsspaziergänge zum Kanal und zu den Aussichtstürmen hin, von denen ich mit meiner Großmutter in die andere Stadt rübersah, die andere Stadt war neblig und ausgestorben, kein Mensch auf den Straßen, die Fenster der Häuser vernagelt, Bilder aus Träumen, rußiger Rauchgeschmack von Winter. Die U-Bahn fuhr unter dieser verlassenen Stadt durch Geisterbahnhöfe hindurch, in denen ein unheilig braunes Licht glomm, Bahnsteige voller Schutt, Soldaten mit Maschinengewehren, reglos an zerborstene Pfeiler gelehnt. Die U-Bahn fuhr so langsam, sie schien beinah stillzustehen, wir rollten in Zeitlupe durch eine angehaltene Stille hindurch. Wir fuhren mit dieser U-Bahn nach Zehlendorf, um in den Wald zu gehen und auf dem Weg in den Wald das Haus zu besichtigen, in dem mein Vater groß und traurig geworden war und das er zusammen mit seinen Brüdern verkauft hatte, als meine Großmutter in die Nervenheilanstalt gekommen war. Ein Haus, in dem jetzt Fremde wohnten, und mein Vater erzählte – er erzählte das niemandem, er sprach mit sich selbst –, wie er mit seinem später gestorbenen Bruder das Mobiliar rausgeschafft und auf die Müllkippe gebracht, wie ein Lastwagen mit offener Ladefläche vor dem Haus gestanden habe und sie die Dinge einzeln drauf geworfen hätten. Unverpackt. Die Kleider ihrer Mutter an ihren Bügeln, das Geschirr, Bücher, Bilder. Ich glaubte ihm das – aber andererseits war unsere gesamte Wohnung voller Bücher, Geschirr, Bilder, Spiegel, Tafelsilber, dieser Flügel, das grüne Sofa, wo kam all das dann her.

Es gab keine Gewissheiten.

Mein Vater baute mir im Schnee im Wald in Zehlendorf eine Hütte für die Puppenstubenfamilie. Für den Ausflug der Puppenstubenfamilie, ein bezaubernder Unterstand aus Stöckchen und Ästchen mit Bettchen aus Moos, die Wände mit Farn gegen den Schneewind abgedichtet. Pfad aus Kieselsteinen. Stall und Brunnen.

Dann ließ er mich allein, ich sollte den Ausflug selber spielen. Ich machte einen Ausflug allein. Das hölzerne Mädchen Anna in einem Unterstand im Unterholz auf dem Lager aus Moos in ihrem roten Kleid und den braunen Stiefeln.

In einem Versteck.
Eine Partisanin.

An all das erinnere ich mich, und zugleich erinnere ich mich nicht. Keine detaillierte Abfolge von Ereignissen, dann habe ich, bin ich, wurde ich, nichts von alledem. Strecken von Schwarz, tonlos, ein unvermittelter Augenblick wie ein Schnappschuss, zurück in etwas Stummes, etwas Taubes.

Als ich sieben war, wurden meine Geschwister geboren, Zwillinge, mein Bruder und meine Schwester. Ich durfte das große Berliner Zimmer behalten, aus dem ich aber auszog, indem ich hinter das Kasperletheater zog. Ich besetzte das Theater, ich richtete mir ein Versteck ein, das ich aus Büchern kannte. Ein schmales Bett, ein Tischchen für Kerzen, Wasser, Äpfel, trockenes Brot, unter dem Bett eine Menagerie von Schätzen und Staub. Rheinkiesel, Brotmesser, verbotene Bücher. Die Kulissen verschwanden, die Hexen auch. Die Zwillinge waren verträumt, malten viel, schliefen viel, ihre feinen Haare am Hinterkopf immer verknotet, ein zartes, gespinstartiges Nest. Sie standen in der Nacht in ihren kleinen, schief zugeknöpften Schlafanzügen im Flur und riefen nach unserer Mutter, sie riefen, wir haben Nadeln in den Augen. In unseren Augen stecken Nadeln.

Sie waren durch nichts davon abzubringen, sie riefen es immer wieder.

Ich möchte gerne sagen – so weit. Diese ehrenvolle Aufforderung für eine Poetikdozentur ist kein Verhör, obwohl ich sie in gewisser Weise als eins empfinde: Ich verhöre mich selbst. Mein Schreiben ist an diese frühen Jahre gebunden. Eindrücke, Empfindungen, Gedanken, Ahnungen aus einem Damals. An die Konstitution meiner Familie gebunden, deren Struktur ich nicht begründen werde. Als ich fünfundzwanzig war, saß ich im LCB an einem langen Tisch mit neun anderen Stipendiaten und las die Erzählung »Rote Korallen« vor, die allererste Geschichte, die ich geschrieben hatte. Ich hatte sie in Wewelsfleth geschrieben, im Haus von Günter Grass, während eines Aufenthaltsstipendiums für Autoren, in einem frostigen und schneereichen Januar und weit weg von dem, was ich kannte, weit weg von zu Hause. Eine somnambule Ich-Erzählerin, die versucht, die verstrickten Lebensfäden ihrer Vorfahren zu entwirren, sich von ihrem Liebhaber trennt, eine therapeutische Maßnahme beginnt und sie wieder in den Wind schlägt. Ist das die Geschichte, die ich erzählen will – dieser Satz ist ein Refrain, und ich habe ihn aufgeschrieben, ohne ihn wirklich zu durchdenken. Ich habe ihn aber gefühlt – und ich glaube, das gilt für alles, was ich schreibe. Heute, über fünfundzwanzig Jahre später, kann ich erkennen, dass die Frage danach, ob das die Geschichte sei, die ich erzählen wollte, tatsächlich die zentrale Frage ist. Sie rührt an das, was mich geprägt hat, und es beeindruckt mich auf eine unpersönliche Weise, dass das die erste Frage ist, die ich aufgeschrieben habe. Im LCB wollten die anderen Stipendiaten etwas über autobiographische Bezüge hören – hast du eine russische Großmutter, ein Korallenarmband gehabt. Ich begann beflissen eine Antwort, und es war Katja Lange-Müller, die mir ins Wort fiel, beinah die Hand vor den Mund hielt.

Sie sagte, also hör mal. Zweifelsohne behältst du das für dich.

Und ich behielt es für mich. Ich behalte es mehr oder weniger bis heute und auch hier: für mich.

In einer der Rezensionen zu »Aller Liebe Anfang« hieß es, ich hätte zwei Probleme, ich könne nicht schreiben und ich hätte nichts zu erzählen. Ersteres beiseitegelassen, enthält die zweite Anmerkung eine eigenartige Wahrheit. Ich habe nichts zu erzählen, weil ich das, was ich eigentlich zu erzählen habe, nicht erzählen kann. Ich kann mir diese Frage aus der »Rote Korallen«-Geschichte beantworten: Nein. Keine Geschichte ist die, die ich erzählen wollte oder müsste. Aber ich kann davon erzählen, dass ich das Eigentliche nicht erzählen kann, das Verschweigen des Eigentlichen zieht sich durch alle Texte, und es hat sich schon lange von der Familie ab-

und nach Außen gewandt, es hat sich, durchaus im psychoanalytischen Sinne, übertragen.

Die Familie ist nicht das einzig Ungeheuerliche, was dir geschieht. Am Ende ist alles ungeheuerlich. Das Eigentliche, das Herz der Materie, ist an und für sich nicht erzählbar, das Zentrum ist ein unbetretbarer Ort. Erzählen im Sinne der Kritik an »Aller Liebe Anfang« meint vielleicht, sich etwas auszudenken. Aber sich etwas ausdenken hieße für mich, aus der Wirklichkeit hinaus und in eine andere Wirklichkeit hinein zu wollen – und das ist eben genau das, was ich nicht will. Ich will in diese eine unbegreifliche Wirklichkeit hinein, ich will schreiben, dass ich sie nicht begreife, und ich will darauf bestehen, dass sie, alles in allem, auch nicht zu begreifen ist.

Als mein Kind klein war, sind wir häufig zusammen ins Kasperletheater gegangen. Mir fällt die Koinzidenz zwischen dem Kasperletheater meiner Kindheit und diesem Kasperletheater im Prenzlauer Berg tatsächlich erst heute wirklich auf, mir wird der Unterschied zwischen diesen Situationen erst heute bewusst. Mein Kind und ich gingen in der Dunckerstraße ins Kasperletheater, das in einer Einraumwohnung im Erdgeschoss untergebracht war. Garderobe und Kasse in der ehemaligen Küche, Waffeln mit Puderzucker, im Winter Glühwein für die Erwachsenen und Hagebuttentee für die Kinder; die Wohnung hatte einen Kachelofen, sie war muffig und sie wurde niemals richtig warm. Im Zuschauerraum Platz für zwanzig Personen, häufig waren wir in der Nachmittagsvorstellung die Einzigen, manchmal zu fünft oder zu siebt. Das Programm wechselte, die Puppenspieler auch, allesamt sicher aus dem Osten, aus den großen staatlichen Puppenspieltheatern in Wismar und Erfurt, sie spielten die schönen Märchen: »Frau Holle«, »Hänsel und Gretel« und »Rotkäppchen«, und es gab einen Puppenspieler, der mit russischem Akzent die Geschichte vom Wolf und den drei kleinen Schweinchen spielte. Mein Kind war ein begeisterter Kasperletheaterbesucher, es wollte jederzeit ins Kasperletheater gehen. Es antwortete Jaaaa!!, wenn es gefragt wurde, ob es da sei, es nahm großen Anteil am Spiel, es lachte wie verrückt, wenn es lustig war, es war beunruhigt, wenn die Lage ernst wurde, wenn es Angst hatte, kam es auf meinen Schoß und rutschte auf sein Stühlchen zurück, wenn die Hexe im Ofen gelandet war. Es brachte allen Märchen dieselbe heftige Anteilnahme entgegen, aber am meisten liebte es die Geschichte vom Wolf und den drei kleinen Schweinchen. Das lag an der Geschichte, an der Stimme des Puppenspielers – und möglicherweise daran, dass er sichtbar war. Die anderen Spieler agierten hinter einem hölzernen Theater, dem gleichen, das in meinem Kinderzimmer gestanden hatte, sie spielten im Verborgenen, ihre Hände waren in den Puppen versteckt, ihre Körper nicht zu sehen. Der Russe stand hinter einem Tisch, er hatte seine Kulisse auf einem schwarzem Filztuch aufgebaut. Haus Baum Zaun Welt, er trug einen schwarzen Rollkragenpullover, eine schwarze Hose, er stand vor einer nachtschwarzen Wand, seine

Puppen waren Marionetten, seine Hände schwebten tänzerisch über der Kulisse, sein Gesicht war weiß. Jemand, der eine Geschichte erzählte, aber er erzählte sie nicht nur, er gab sie an Wolf und Schweinchen weiter, trat hinter der Geschichte zurück und stand zugleich zwischen ihr und der Welt.

Woran habe ich gedacht, während mein Kind und ich in der zweiten Reihe des verdunkelten Zimmers in der matten Wärme des Kachelofens saßen, meist im Winter, und wenn wir rauskamen, war es schon Abend, der Tag vorbei, und wir gingen in den Supermarkt am Helmholtzplatz und kauften Pizza und Schokoladenpudding, und dann gingen wir nach Hause; wir sahen zu, wie der Wolf das Häuschen aus Stroh, das hölzerne Häuschen einriss, und ich habe nicht an Ritter Blaubarts Zimmer, an die schrecklichen Hexen mit den schwarzstruppigen Haaren und himmelblauen Augen, an meine Puppenstube und nicht an meinen Vater gedacht.

Heute denke ich an all das.

Damals war ich, mit dem Kind auf dem Schoß und eingesponnen in die Gegenwart, beschützt und in Sicherheit. Es ist seltsam, dass dieser Schutz im Rückblick nicht mehr gilt.

Als ich sechzehn Jahre alt wurde, wandte mein Vater sich von der Familie ab. Er war erschöpft, etwas hatte sich erledigt, war unveränderbar geworden. Er hörte auf, uns zu beobachten, mich zu beobachten. Ich wurde Luft.

Ich holte Luft.

Im Sommer 1990 starben meine Großmütter, unerwartet und hintereinander weg, und er wurde in die geschlossene Psychiatrie des Neuköllner Krankenhauses eingewiesen und blieb dort fünf Jahre lang, kam dann in eine offene Psychiatrie und kehrte im Jahr 2000, dem Jahr, in dem mein Kind geboren wurde, nach Hause und in ein halbwegs normales Leben zurück. Ich habe über meinen Vater in dem Band »Lettipark« eine sehr kurze Erzählung geschrieben, in der für meine Begriffe im Wortsinn alles gesagt ist. Die Erzählung heißt »Gedichte«, eine Ich-Erzählerin, die ihren Vater besucht, ein Stück Pflaumenkuchen mit ihm teilt, sich während des Besuches an die Jahre erinnert, die er in der Psychiatrie verbracht hat, und wieder geht. Ich könnte zu dieser Geschichte erwähnen, dass sie für mich eng verknüpft ist mit einem Gedicht von William Carlos Williams – *ich habe die Pflaumen gegessen die im Eisschrank waren du wolltest sie sicher fürs Frühstück aufheben verzeih mir sie waren herrlich so süß und so kalt* –, ich liebe dieses Gedicht. Ich könnte erwähnen, dass zu dieser Geschichte naturgemäß auch meine Großmutter gehört, ihre Angewohnheit, an grauen frühen Morgen im Garten ihres Hauses zwischen den Johannisbeerbüschen und Pflaumenbäumen umherzutappen, unvermittelt stehen zu bleiben, in den Himmel zu sehen, den Zeigefinger zu heben und zu flüstern, *Etwas aus den nebelsatten Lüften löste sich und wuchs über Nacht als weißer Schatten eng um Tanne Baum und Buchs* – jahrelang hielt ich diese

Zeilen für ein etwas eigenartiges Kinderlied, und es war ein Schock, als ich sie, lange nach dem Tod meiner Großmutter, in Benns Gedicht »Rauhreif« wiederfand. Zu dieser Geschichte gehört die Kantstraße in Berlin, in der meine Eltern heute in einer Anderthalb-Zimmer-Hinterhofwohnung leben, die Wärme eines späten Nachmittags im August, das Signal der sich schließenden Türen der S-Bahn an der Station Savignyplatz, der Balkon, auf dem ich mit meiner Mutter sitze und ihr beim Rauchen zusehe, während mein Vater mit zitternden Händen den Kaffeetisch für uns deckt. Selbstverständlich lebt er in der sogenannten Wirklichkeit nicht allein in einer Wohnung, die mit Kisten und Kästen zugestellt ist, aber er ist allein, und die Kisten, Kästen, Totenmasken, das Plaid aus Katzenfell und das Tafelsilber aus Tula sind in der alten Wohnung in Berlin-Neukölln, in einer untergegangenen Welt zurück geblieben und dass diese Welt untergegangen ist, bedeutet in keiner Weise, dass sie verschwunden ist. All das ist da, es verbindet sich und hat sich schon verbunden, und wenn es mir gelingt, in der kleinen Wohnung meiner Eltern einen Moment lang unbeobachtet zu sein, kann ich es mit den Händen greifen, wenn ich den Glasschrank öffne, in dem das Geschirr steht. Der Glasschrank hatte meiner Großmutter gehört. Sie hatte ihre Talismane darin aufbewahrt, ihre Versteinerungen, Muscheln, Bernsteinketten, russischen Ikonen und Voodoopuppen, ihre Fotoalben, Kupferringe und Strohsterne, und bis heute – meine Großmutter ist seit über dreißig Jahren tot – finde ich in diesem Schrank ihren Geruch wieder. Ich öffne die Glastüren, stecke den Kopf hinein, und da ist sie – Amber, Salbei, Sandelholz. Rauch.

Unbegreiflich.

Ihre Stimme, wie sie die Hand auf den Tisch legte, wie ausgestellt, immer nur die rechte, die linke blieb in ihrem Schoß, ich sehe sie, ich kann sie sehen.

Sie kommt in dieser Geschichte nicht vor, aber sie gehört zur Geschichte dazu, so wie die Jahre dazu gehören, in denen ich meinen Vater in der geschlossenen Psychiatrie besucht habe, Jahre, in denen wir uns so nah waren, wie zuvor nicht und nie mehr wieder. Abendbrot. Er schob das Plastiktablett mit den einzelnen Fächern für Wurst und Käse zwischen sich und mich und wehrte all diese Leute ab, diese Verrückten, die etwas von mir wollten, das nicht zu verstehen war, er wischte beiläufig den Sprühregen ihrer Spucke vom Tisch, wehrte ihr Stammeln, ihre Glutblicke, ihre Beteuerungen und Berührungen ab und legte mir eine Scheibe Mortadella auf ein trockenes Brot.

Hat er das getan?

Oder habe ich mir das ausgedacht.

Ich habe mir nicht ausgedacht, dass ich ihm in diesen Jahren Gedichte vorgelesen habe. Es gab Gedichte, über die er in Tränen ausbrach, was nicht zwangsläufig an den Aufenthalt in einer Irrenanstalt gebunden ist, jeder Mensch kann und sollte mindestens ein Mal im Leben über einem Gedicht in Tränen ausgebrochen sein. Ich bestehe auf dieser Geschichte, ich bestehe auf all dem, was ich in ihr eben gerade nicht erzähle. Die Geschichte ist, in dieser kurzen Form und um es mit John Burnside zu sagen, der Schmelzlaut meines Verstandes und meiner Begreifungskraft.

In Wewelsfleth war ich ein halbes Jahr eine Stipendiatin, vom Januar bis in den Juni hinein. Ich war mitten in der Nacht angekommen, das Dorf stockdunkel, die darum herum liegenden Felder tintenschwarz, die Tür des Grass-Hauses sperrangelweit offen, ich hatte sofort nach Berlin zurückfahren wollen. Aber dann begann es zu schneien, am nächsten Morgen war das Land vor den Fenstern weiß, und ich blieb. Es gab zwei weitere Stipendiaten, die in stillschweigender Übereinkunft für sich sein wollten, ich wollte auch für mich sein, in diesen ausgesprochen schönen Räumen im ersten Stock mit Blick auf Friedhof und Kirche für mich sein und herausfinden, ob ich etwas schreiben konnte und wollte und wenn ja: was.

Ich fing die »Rote Korallen«-Geschichte mit einem leisen Zweifel an, unsicher, ob es gestattet sein würde, ein kitschiges russisches Märchen zu erzählen, und dann war mir das egal, und das war der Anfang. Ich las im Brockhaus, der im Bücherregal stand, über den Bau von Öfen und das Petersburg des vergangenen Jahrhunderts, ich schrieb am Morgen und bis in den Mittag hinein, ich machte einen Mittagsschlaf auf einem blauen Sofa und ging am Nachmittag an der Elbe spazieren. Die Elbe fror zu. Die Welt stülpte sich von außen nach innen. Die Berliner Freunde schickten Spielpläne der Volksbühne, in denen sie die Premieren angekreuzt und *Party* daneben geschrieben hatten, und ich hängte die Spielpläne eine Weile über den Schreibtisch, dann ließ ich das sein. Aber ich schrieb über die Volksbühne, ich schrieb die »Bali-Frau« und ließ es schneien, weil es vor meinen Fenstern schneite und weil diese Jahre schwarzweiß gewesen sind, alle Jahre, die meiner Kindheit und Jugend auch. Ich hatte einen Abstand zu alldem, den ich noch nie zuvor gehabt hatte. Abstand zu meiner Familie, zur Wahlfamilie, zu den toten Großmüttern, zu der Stadt, in der ich geboren und aufgewachsen war, zu der Station 87, in der mein Vater mit den Dämonen rang, und ich war zum allerersten Mal in meinem Leben allein. Ich redete mit mir selbst und mit niemandem sonst. Ich vermisste die Freunde, und zugleich wusste ich, dass ich mit den Freunden nichts zu tun hatte, und ich schrieb die Geschichte »Sommerhaus, später«, Steins Außenseitertum war mein eigenes, und die zugefrorenen Seen waren die zugefrorene Elbe, die Sehnsucht nach Dingen, die ich gar nicht besaß, stellte alles scharf und glasklar vor mich hin. Einmal rief mein Vater aus der Psychiatrie an, und ich las ihm am Telefon, das in der Küche neben dem Herd an der Wand hing, flüsternd zwei Absätze vor, während in seinem Hintergrund die Verrückten auf Töpfe zu schlagen schienen und kreischten. Er sagte, Katastrophe, das kannst du vergessen, und ich sagte, ruf mich nie wieder an. Ruf mich nicht noch ein einziges Mal an. Ich wusste, dass das Schreiben mir gehörte. Ich hatte es mit dem Instinkt eines Tieres verstanden – es war meins. Ich wusste auch, dass es mich offenbar von allem trennte, dass es mich isolierte. Aber ich war mit dieser Isolation einverstanden, und ich bin das, mit Einschränkungen, bis heute.

Als meine Eltern die Straße, in der ich aufgewachsen bin, verließen, war ich Anfang dreißig. Meine Mutter war sechzig, sie hatte ihr Leben in dieser Straße verbracht. In den letzten Jahren hatte es sich ergeben, dass meine Eltern im Haus und dann auch im Block die einzigen Mieter gewesen waren, der ganze Straßenzug war von einem Investor gekauft worden, der ihn verfallen, bei Auszug leerstehen ließ, die Leute zogen aus, meine Eltern blieben. Drei Jahre lang waren sie die letzten Mieter in einem Haus, in dem es mit Vorderhaus, Seitenflügel, Quergebäude vierzig Wohnungen gab, von denen also neununddreißig leerstanden. Die Türen offen, das zurückgelassene Mobiliar zerschlagen, die Kachelöfen weggeschafft, die Flügeltüren rausgerissen, die Messingklinken abgeschraubt, das Parkett aus den Böden gebrochen. In den Kellern brüteten Kolonien von Mücken, die im Frühjahr ausschwärmten, den Himmel über dem Hof verdunkelten. Die Mülleimer wurden nicht mehr geleert, die Rohre platzten, in den Parterrewohnungen stieg das Wasser, aus den Regenrinnen schlugen Birken aus. Das war 2003 in Berlin, aber es war eigentlich woanders, ein Zeitloch, in diesem Haus drehte sich Zeit rückwärts, dehnte sich aus, hob sich auf. Wenn ich im nassen, immer noch nach Wischwasser, Essig und Kohlen riechenden Hausflur stand, war das Haus so, wie ich es mir als Kind immer gewünscht hatte: leer, und ich war unsichtbar, und Leben war eine Möglichkeit, für die ich mich entscheiden oder die ich fallen lassen konnte. Ich stand im Gelben Haus, in meinem eigenen Kinderbuch, nur schauriger. Ich konnte die Türen im Erdgeschoss, im dritten und im vierten Stock aufdrücken und die Wohnungen betreten, und da war niemand, aber die, die da gewesen waren, hatten ihre energetischen Spuren, ihre Schatten hinterlassen. Das Gelbe Haus war schwarz. Nur im zweiten Stock rechts blinkte was hinter der kupferroten Glasscheibe in der Tür, und meine Mutter zog den an der Stange klappernden Filzvorhang beiseite, machte die Tür auf und umarmte mich. In den Wintern war die Wohnung so kalt, dass meine Eltern, obwohl mein Vater die Öfen wie der Heizer eines Überseedampfers befeuerte, in Wintermänteln mit Mützen auf dem Kopf und Wärmflaschen im Schoß zusammensaßen; im Sommer schliefen sie unter Moskitonetzen wie in den Tropen. Sie handelten die Miete auf eine symbolische Rate runter, dafür waren sie der Situation mit allem, was nicht funktionierte, komplett ausgeliefert; eine märchenhafte Lage, die meinen Vater vitalisierte und unter der meine Mutter zusehends litt. Aber dann tauchten von einem auf den anderen Tag zwei neue Namensschilder an der Klingelanlage und den dazugehörenden Wohnungstüren auf, nach einer Woche ein drittes.

Kazantzakis
Mansfield
Bang

Auf dem Balkon im ersten Stock pflanzte jemand Katzenminze, und im vierten Stock rechts gingen Lichter an und erst spät in der Nacht wieder aus. Dasselbe Phänomen in dem Haus, in dem meine Großmutter gelebt hatte, und auch unter dem Dach im letzten Haus der Straße blakte nach Einbruch der Dämmerung eine Funzel auf. Meine Mutter fand das verwirrend, gleichzeitig machte es ihr Hoffnung. Sie hatte den Eindruck, die Wohnungen würden doch wieder vermietet werden, es wären zumindest zwei neue Mieter ins Haus gezogen, sie wären irgendwie da, auch wenn sie sie nicht zu Gesicht bekam. Sie wünschte sich das – die alte Straße zurück, in der sie Kind gewesen war, eine einfache Straße mit Kopfsteinpflaster und Platanen, einem verwahrlosten Park, Souterrainwohnungen, Höfen, die ineinander übergingen und in denen ein alltägliches Leben stattfand; meine Mutter wusste, dass es das, anderswo, auf jeden Fall gab.

Kazantzakis Mansfield Bang.

Ich stand vor den Namen auf den Klingelschildern, drei unterschiedliche Schildchen mit drei unterschiedlichen Schriften darauf. Ich sah zu der blühenden Katzenminze hoch, zu den Papiersternen, die im Fenster hingen. Ich wusste, dass mein Vater die Schilder angebracht, die Minze gepflanzt und vermutlich eine Zeitschaltuhr mit verschiedenen Lampen installiert hatte, und meine Mutter brauchte einige Wochen, dann hatte sie das auch kapiert. Mein Vater behauptete, er habe sich das ausgedacht, weil auch er sich unwohl gefühlt habe, er habe vortäuschen wollen, dass noch andere Leute in der verödeten Straße wohnten. Dann gab er zu, das für meine Mutter inszeniert zu haben, er wollte, dass sie sich sicherer fühlte. Aber letztlich hatte er sich das für sich selbst ausgedacht, ein Spiel, das ihn unterhielt und amüsierte; wäre meine Mutter länger darauf reingefallen, hätte er es ausführlicher betrieben. Er hätte Musik laufen lassen, Wäsche im Hof aufgehängt und Pakete für Kazantzakis entgegengenommen. Für meinen Vater sind die Jahre im leeren Haus glückliche Jahre gewesen, das Haus entsprach in seiner verwüsteten Verlassenheit genau seinem Lebensgefühl, hier war er mit der Welt dann doch eins geworden, und wenn es nach ihm gegangen wäre, wäre das bis zum Schluss so geblieben. Aber irgendwann konnte meine Mutter nicht mehr, und nach dem dritten Winter intervenierten wir Kinder, setzten uns durch, und sie zogen aus. Sie wechselten von der Viereinhalb-Zimmerwohnung in Neukölln in die anderthalb Zimmerwohnung im Hinterhof in Charlottenburg, meine Mutter erfüllte diese neue Adresse mit Stolz, und gleichzeitig brach es ihr das Herz. Sie schafften die Bücher und einen Teil der ramponierten Möbel ins Haus am Meer. Das Kasperletheater muss bei diesem Umzug verlorengegangen sein, die Seitenflügel der Puppenstube, die Ausrüstung der Dunkelkammer, die Platten,

Schreibtische, der grüne Sessel, der kleinwüchsige Untermieter ebenso. Sie ließen den Flügel stehen und überließen mir, mich um ihn zu kümmern, mein Vater vererbte mir den Flügel zu Lebzeiten. Als ich zum Abtransport ein letztes Mal in die Wohnung kam, war sie, bis auf den Flügel, leer. Die Türen zwischen den Zimmern standen zum allerersten Mal weit offen, die Sonne fiel aufs Parkett. Lichtbündel voller Staub, Partikel aus Jahrzehnten. Stille. Im Erker hing eine kleine letzte Botschaft, mit einer Reißzwecke an die Wand gepinnt – *we are such stuff as dreams are made on and our little life is rounded with a sleep.* Ich stand auf dem Balkon und rauchte, der Flügeltransport kam die Straße herunter, ein riesiger LKW, auf dem ein feuerspeiender Drache abgebildet war, eine Koinzidenz. Zwei tätowierte Riesen schleppten den Flügel die Treppe runter, schafften ihn in den Lastwagen, schafften ihn weg, sie hoben ihn ins Drachenmaul und verschwanden.

Ich blieb in der Wohnung zurück, ich ging noch einmal durch die leeren Räume, aber es gab keine Geste und keinen Satz, der dem entsprochen hätte, was ich fühlte – wenn ich überhaupt etwas fühlte; ich möchte meinen, ich fühlte nichts.

Dann zog ich die Wohnungstür hinter mir zu.

Weh und Leid. Jede Beschreibung, jede Berichterstattung ist ein trügerisches Ordnen von Wirklichkeit, von Bildern und Splittern, von Träumen. Als ich dreißig wurde, wurde ich Mutter, und im ersten Sommer mit meinem Kind fuhren wir an die Küste in das Haus meiner Großmutter, in dem ich seit ihrem Tod, seit Ewigkeiten nicht mehr gewesen war. Im Zimmer unter der Treppe hatte sich mein Onkel eingerichtet, unser Auftauchen holte ihn aus einem Schlaf, aus einem wie weggetretenen Tagtraum zurück, er rieb sich die Augen: Menschen.

Der Rest des Hauses war unverändert – ein verstaubtes, von Spinnen belebtes Museum. In den Schränken die Kleider meiner Großmutter, ihre Bücher auf dem Nachttisch, Lesezeichen zwischen den Seiten, ihre Lupe, ihre Kupferarmreifen, Patiencekarten, Heilerdekapseln, ihr Wasserglas. Das Mobiliar aus der Neuköllner Wohnung in den Schuppen gestopft, auch das Kinderbett, in dem wir alle geschlafen hatten, und ich trug es raus, machte es sauber, bezog Deckchen und Matratzen, legte mein eigenes Kind hinein und staunte es an. In diesen ersten Jahren gehörte das Haus mir. Mein Onkel ließ die Invasion der Wirklichkeit würdevoll über sich ergehen, ich durfte machen, was ich wollte. Mein Vater war aus der Psychiatrie entlassen worden, aber er war schwach, meine Mutter an seiner Seite, meine Schwester studierte in Paris, mein Bruder war bei der Bundeswehr, ich hatte das Haus, ich hatte die Welt für mich. Ich öffnete alle Fenster, fegte die Zimmer aus, brachte die Kleider meiner Großmutter zur Heilsarmee. Und dann holte ich die Berliner Freunde nach – ich tat, was ich als Kind nie getan hätte, ich machte die Tür weit auf und ließ sie alle rein. Ich holte, wie Ada mir später erklärte, meine eigentliche, meine Wahlfamilie ins Familienhaus.

So wenig, wie Ada mir die Gründe ihrer Trennung von ihren Eltern erläuterte, so wenig erläuterte ich ihr meine. Sie wusste, dass da irgendwas nicht stimmte – das Haus war zu chaotisch, das Interieur zu pathologisch, der Onkel zu verrückt, der Garten zu verwildert, und all das offen, nichts abgesperrt, niemandes Regel zu befolgen, wir taten, was wir wollten, und alle kamen vorbei. Irgendjemand, Ada begriff es, hatte nicht alle Tassen im Schrank gehabt, einer hatte sich aufgehängt und ein anderer den Verstand gänzlich verloren, und es war deutlich, dass hier eine Entmachtung stattgefunden hatte, eine Palastrevolution, es wäre möglicherweise gefährlich gewesen zu fragen: warum.

Überhaupt zeichnete sich diese Familie, die ich mir da ausgesucht hatte, durch eine überraschend vertraute Wort- und Sprachlosigkeit aus. Es war nicht üblich, sich etwas zu erzählen, dem anderen eine ernsthafte Frage zu stellen, die Antwort abzuwarten, anzuhören und zu bedenken, eine neue Frage zu stellen oder etwas Eigenes hinzuzufügen – es wurde auf eine Weise unentwegt und auf eine andere Weise überhaupt nicht gesprochen. Das Zusammensein war wild. Liebevoll, zärtlich, von großen Gefühlen getragen, Wärme und Sehnsucht, diese Jahre schienen einer Familie so nahe wie irgend möglich zu kommen. Aber hätte einer über den anderen sagen müssen, woher er eigentlich kam, wo er zuvor gewesen war, hätten alle passen müssen. Mein Onkel war der Einzige, der ab und an nach der modrigen Wurzel griff, die in seinem autobiographischen Gefüge immer wieder hochkam, ein verrosteter Widerhaken: Er wollte etwas über seine Mutter sagen. Meinen Vater. Seinen toten Bruder, etwas über den Grund für den Zustand dieses Hauses, die eigentlichen Ursachen unseres Zusammenseins. Wenn er damit anfing, meist am Abend und in Verbindung mit einer Menge Alkohol, stand ich auf und ging schlafen. Ohne mich wollte er nicht darüber sprechen, also brach er ab, es fragte auch niemand nach. Gegenwart – wir wollten eine permanente Gegenwart, so viel wie möglich davon, bevor uns die Dinge, durch welche Umstürze auch immer, wieder unter den Füßen, zwischen den Händen weggerissen würden. Die Erwachsenen tranken und rauchten wie die Verrückten. Die Kinder waren autonom, glücklich verwahrlost, ungekämmt und barfuß, sie mussten nie schlafen gehen, schliefen in den letzten Stunden des Tages ein, wo sie standen, und irgendwer fing sie auf und legte sie in irgendein Bett. Schlaf war eine Absence. Es war unverständlicherweise extrem bewegend, die anderen am Mittag endlich wiederzusehen, nachdem man erst bei Tagesanbruch auseinandergegangen war. Ada und ich waren die Ersten in der Küche, und wir räumten zusammen die leeren Gläser und Flaschen ab, kauften Brötchen, Räucherfisch und Melonen und deckten zum Frühstück, wir saßen mit den Kindern, den eigenen und denen der anderen am Tisch und sahen hingebungsvoll zu, wie sie Choco

Pops aßen, Kakao tranken, wir mussten nicht darüber sprechen, was uns das bedeutete. Das Schweigen war der Preis, den diese Art des Zusammenseins hatte, und ich denke, dass das in Ordnung ist, auch wenn es meint, dass wir uns heute mit wenigen Ausnahmen alle aus den Augen verloren haben.

In diesen Jahren schrieb ich das zweite Buch »Nichts als Gespenster«. Ich saß zwischen den anderen an einem kippeligen Tischchen auf der Terrasse und hatte Tee und damals noch jede Menge Zigaretten, und ich schrieb eine oder zwei Seiten an einer Geschichte, während sich um mich herum diese spezielle Choreographie entfaltete, die spöttische Art, sich mittags einen guten Morgen zu wünschen, die mit der Sonne ums Haus wandernden Stühle, wer möchte noch einen Kaffee, ich trinke dann schon mal ein kleines Glas eiskalten Vinho Verde, das Geräusch, das die nackten Füße der Kinder auf den Steinplatten machten, wenn sie rannten, ihr schneller fliegender Atem und ihr verschwörerisches Lachen; ich konnte Ada sehen, wie sie die Wäsche von der Leine nahm, und ich fand sie selten so schön wie in diesen Bewegungen – auf den Zehenspitzen, ihre gestreckten Arme, das sorgfältige Falten der Laken, Ausschütteln der Strandtücher, wie sie sich bückte, um die Wäscheklammern aus dem Korb zu nehmen, wie versunken sie war. Ich fing eine dritte Seite an, dann stand ich auf und ging nachsehen, was auf der Einkaufsliste stand, die auf dem Küchenfensterbrett lag und auf die jeder schrieb, was er haben wollte, und jeder bekam, was er haben wollte. Ich hatte Carson McCullers »Frankie« gelesen, diese Szene, in der Frankie mit ihrem Cousin John Henry und dem schwarzen Kindermädchen Berenice in der Küche sitzt, während in der Nachbarschaft ein Klavier gestimmt wird. Es ist drückend, gewittrig, John Henry sitzt auf Berenices Schoß, und Frankie setzt sich schließlich auch auf Berenices Schoß, und sie sprechen über die Liebe, während aus dem Haus nebenan das ccc aaa des Klavierstimmers zu ihnen herüberklingt. Die unvollständige Tonleiter, der unaufgelöste Septakkord, die ganze Szene ist so voll von einer geradezu ekstatisch unerfüllten Sehnsucht, von Verlangen, Ahnung, Trauer, ich konnte mich nicht daran erinnern, jemals etwas so Wunderbares und Perfektes gelesen zu haben. Ich wollte etwas davon in meinen Geschichten haben – den Abbruch der Nähe, die Verletzung, den Kummer und die Schönheit von alldem. In Jim Jarmuschs »Down by Law« gibt es den Abschied zwischen Zack und Jack, das Ende des Films, Roadmovie over, und die drei Protagonisten werden auseinandergehen, sind schon auseinandergegangen. John Lurie und Tom Waits stehen an der Weggabelung, Waits reicht Lurie zum Abschied die Hand – und zieht sie wieder weg. Und nimmt den rechten Weg, Lurie nimmt den linken. Und das war's.

Das war's.

Ähnlich heftig wie meine Ergriffenheit beim Lesen von »Frankie« war meine Empörung über das Ende dieses Filmes, eine schockierte Fassungslosigkeit, ich erinnere mich daran, das Kino wie betäubt verlassen zu haben. Ich wusste, dass Jarmusch recht hatte, dass das die Art war, in der wir alle auseinandergehen müssen, nur so kann man überleben. Berühre mich nicht – ich wollte, dass die Leute in den Geschichten diese Sprache sprachen, aneinander vorbei, mit exakt der Genauigkeit und Grausamkeit aneinander vorbei, die man aufbringt, wenn man den anderen liebt. Wenn man vor Liebe aufhören möchte zu atmen. Stirbt. In Stücke bricht. Auf dem Einkaufszettel stand *Bier Schnaps Wein Zigaretten Fisch und Zitronen,* und einer hatte *die Nacht die Mücken und die Ignoranz* dazu geschrieben, und aus der Gruft seines Zimmers tauchte mein Onkel auf mit von zu wenig Schlaf und zu viel Alkohol zerrüttetem Gesicht und offener Hose, er war das Band, das mich unscharf und verlässlich zugleich an meine Familie erinnerte – und mit dem ich leben konnte. Ada ging barfuß ins Dorf. Die Kinder hinter ihr her. Ich klappte den Computer zu. Später noch einmal auf, weil ich ein Wort in den Text setzen wollte, wie einen X-Stich, einen Rand. Glimmer. Alles war traurig und erleuchtet und niemand fragte mich, was ich da tat, woran ich schrieb und worüber.

Hätte ich gefragt werden wollen?

Nein.

Wenn die Sommer vorbei waren, einer nach dem anderen zurück nach Berlin fuhr, umarmten wir uns. Es war nicht so wie in »Down by law«. Wir umarmten und küssten uns, und wir weinten, und die Kinder waren an dieser Art Tränen sehr interessiert. Sie standen mit schief gelegten Köpfchen und sahen uns von unten an, und wenn sie sahen, dass wir weinten, waren sie befriedigt und beruhigt – sie hatten alles richtig gemacht. Im Salon, dem Raum, in dem das museale Mobiliar des Hauses seine höchste Dichte entwickelt hatte – Festtagsgeschirr im Glasschrank, Standuhr, Biedermeiersofa und Urkunden aus den Vaterländischen Kriegen –, hing an der Wand über dem Klavier im Goldrahmen eine Fotografie der Goldenen Hochzeit meiner Ururgroßeltern. Frühlingstag im Jahr 1927, sie sitzen unter noch kahlen Bäumen im Kreis ihrer Familie, ihrer Nachbarn und Freunde vor dem Haus. Ohne bewusst an dieses Foto gedacht zu haben, ahmte ich es nach – wir stellten uns am letzten Sommertag vors Haus und warteten auf einen Fremden, den wir bitten konnten, uns zu fotografieren, und irgendwann kam jemand vorbei und machte das für uns. Manchmal klassisch, vor und nebeneinander, die Kinder vorne im Gras; auf einem anderen Foto standen wir der Größe nach in einer Reihe, auf diesem Foto war mein Kind das allerkleinste und mein Onkel der älteste und größte. Es gab Gruppenfotos mit vielen und mit wenigen Menschen, bei Sonne und Hunderegen, auf allen Fotos konnte man, ein Daumenkino der Zeit, die Kinder wachsen und uns älter werden sehen, auf den letzten Fotos springen die Kinder geradezu aus den Bildern, noch sind sie da, dann sind sie weg – sie sind weg.

Ada Ronald Robert Michael Stein Marco Peter und Torsten, Vince Paulina Lotti Paul und Martin und Franz und ich. August 2004, am Ende eines glutheißen Sommers. Wie wir wohl ausgesehen haben für den Blick des fremden Fotografen – glückliche Wilde. Ich ließ die Fotos im Supermarkt entwickeln und klemmte sie an die Glasscheibe des Küchenschrankes. Es wäre mir nicht eingefallen, sie einzurahmen, obwohl sie mir damals wichtiger waren als alles, was ich besaß.

Viele Jahre später, als diese Sommer vorbei waren, ich die Analyse angefangen, mit dem Rauchen aufgehört, das dritte Buch geschrieben hatte – »Alice«, am Küchentisch meiner Berliner Wohnung und in den frühen Morgenstunden in einem immer gleichen, präzisen zeitlichen Ablauf, eine Disziplinierung und eine Strafe –, träumte ich unerwartet einen wiederkehrenden Traum vom versäumten Sommer. In diesem Traum war der Sommer vorbei, und ich stand im Haus in meinem Dachzimmer und packte den Koffer. Ich legte die Sommerkleider zusammen, packte die ungelesenen Bücher ein, stellte die Sandalen unter den Schrank, und während ich das tat, fiel mir ein, dass ich in diesem Jahr nicht schwimmen gegangen war. Ich hatte vergessen, schwimmen zu gehen – und jetzt war es zu spät. Die Erkenntnis war schrecklich – ein blankes Entsetzen. Sie beendete den Traum wie der Aufprall nach dem Fall – ich wachte auf, und mein Herz raste. In Variationen des Traumes fiel mir ein, dass ich in diesem Sommer nicht Rad gefahren, kein Feuer im Garten gemacht, die Perseidenströme verpasst hatte. Aber der mit Abstand schlimmste Traum war der vom Versäumnis des Gruppenfotos: Ich träumte, wir hatten das Foto vergessen. Uns nicht vor das Haus gestellt, den Arm um die Schultern des anderen gelegt, mit Regenschirmen oder ohne, wir hatten uns nicht von einem Fremden fotografieren lassen, um zu sehen, wie die Kinder größer und wir alt werden, um das Altwerden festzuhalten und ihm etwas entgegenzusetzen. Wir hatten das versäumt. Unwiederbringlich – alle waren abgereist. Alle waren fort.

Traum aus der Mitte des Lebens. Ein Abwägen – Verpasstes und Nichtverpasstes, Gesagtes, Nichtgesagtes. Die Tatsache, dass wir überhaupt versäumen – und das tun wir, wir versäumen unentwegt. Aber welches Detail aus diesem Traum habe ich vergessen?

Die Gruppenfotos klemmen noch heute zwischen Rahmen und Scheibe des Küchenschrankes. Sie dürfen da bleiben, obwohl ich das Haus abgeben musste, abgegeben habe: der Familie, den alten Strukturen zurück.

Mein Vater hat sich das Haus zurückerobert, meine Geschwister haben es mit ihren Kindern in Besitz genommen, mein alter Onkel ist immer noch da, und all das ist in Ordnung, weil ich alt geworden und weggegangen bin, weil sich die Verhältnisse geklärt haben. Der Salon ist aufgeräumt, ein familiärer Schrein. Mein Vater hat die Vitrine geputzt, das Geschirr sortiert, an den hohen Feiertagen deckt er damit den Tisch. Die Standuhr tickt. Das Klavier ist gestimmt, die Urkunden sind ordentlich nebeneinandergehängt, das Prunkstück des Raumes ist die Fotografie der Goldenen Hochzeit. Anders als damals weiß ich heute, wer die Leute auf diesem Foto sind. Ich kann, wie mein Vater, mit dem Zeigefinger auf die verblichenen Gestalten tippen und sagen: meine Großmutter, meine Urgroßmutter, mein Urgroßvater, der die Öfen in Russland gebaut hat, meine Ururgroßmutter, die eine Hexe gewesen sein soll. Als meine Eltern ihre Goldene Hochzeit gefeiert haben, hat mein Vater diese Fotografie nachgestellt. Der Hochzeitstag meiner Eltern war zugleich der fünfundsiebzigste Geburtstag meines Vaters und vermutlich der erste Geburtstag überhaupt, den er im Kreis seiner ganzen Familie verbrachte, an dem er aushielt, dass ihm seine Familie dazu gratulierte, auf der Welt zu sein. Die Idee, das Foto der Goldenen Hochzeit nachzustellen, entsprang sicher seiner zwanghaften Haltung, alles gestalten und kontrollieren zu müssen, die Situation herzustellen, anstatt sie kommen zu lassen und sich ihr auszuliefern; zeit meines Lebens ist mein Vater unfähig gewesen, herumzusitzen und zu sehen, was geschieht. Aber darüber hinaus war die Idee auch folgerichtig, gab sie der unwirklichen Goldenen Hochzeit meiner Eltern tatsächlich ein Zentrum und beinahe einen Sinn.

Bis heute erstaunt es mich, dass dieser 4. Juli angebrochen ist, stattgefunden hat, zu Ende gegangen ist; es hat uns alle erstaunt. Das sachliche Zelebrieren eines festlichen Tages war so atemberaubend, dass wir es annehmen mussten, der Tag überwältigte, beschenkte uns, dann war er vorbei. Das Wetter sommerlich, warm und beständig, die Familie in ungewöhnlich heiterer Verfassung angereist, die Enkelkinder launig, der Tisch unter den Pflaumenbäumen wie für eine andere Familie in einem anderen Leben gedacht.

Mein Bruder beschützt von seiner Frau, meine Schwester von ihrem Mann, mein Onkel friedlich und nüchtern, er hatte seinerseits Frauen mitbringen dürfen, die in seinem Leben eine unterstützende Rolle gespielt hatten, und er fühlte sich gewürdigt und ernst genommen. Mein Vater trug den einzigen Anzug, den er besaß und den er bisher ausschließlich auf Beerdigungen getragen hatte. Er hatte eine Rede geschrieben, er ließ meine Mutter die Rede vorlesen. Meine Mutter las stehend, mit ihrer besten Vorlesestimme, noch immer mädchenhaft in weißer Bluse, einer weichen wollenen Jacke, sehr brav, es wäre jedem Vorübergehenden klar gewesen, dass sie das, was sie da las, in keiner Weise begriff, dass sie nichts verstand, wir alle verstanden nichts. Es ging um meine Eltern. Um Zeit, um ein Maß, um das, was die Dinge beieinanderhält, vielleicht ging es darum, ich kann mich letztlich aus reiner Überforderung nicht mehr wirklich daran erinnern. Es war ein Beitrag aus der inneren Welt meines Vaters, die offensichtlich total isoliert war, komplex und mit niemandem zu teilen, und wir nahmen das für ihn mit an, saßen still und mit gesenkten Köpfen und hörten der Stimme meiner Mutter zu, die es zumindest akustisch an uns weitergab. In der Rede versenkt, steckte eine kleine Anekdote von der Hochzeitsreise meiner Eltern – ein Ausflug von vierundzwanzig Stunden, über Nacht, ins Erzgebirge –, bei der ihnen der Wirt der Pension am Morgen nach der Hochzeitsnacht zugeraunt hatte, das Leben sei ausschließlich zweierlei: kompliziert und primitiv. Zwischen diesen beiden Polen gebe es nichts, das sei alles, was sie wissen müssten, und meine Mutter las vor, dass mein Vater mit diesem Fazit bis heute einverstanden sei. Und dann standen wir auf und küssten und umarmten uns, gingen vors Haus und stellten uns für dieses Foto auf.

Wir stellten uns vor dem Haus nach den Anweisungen meines Vaters auf – so wie die Ahnen beinah hundert Jahre zuvor, was bedeutete, dass ich als älteste Tochter in der ersten Reihe auf einem Stuhl neben meiner Mutter saß und die Zwillingskinder meiner Schwester vor mir im Gras und mein Kind, in der Rolle meiner Großmutter, am rechten Bildrand, meine Schwester hinter, mein Bruder links von meinem Vater und so weiter und so fort, und wir taten das: Wir schlüpften in die Zeit.

Kurz stand mein Vater neben mir und fragte mich, ob es nicht unheimlich sei, den Platz von Martha einzunehmen, den Platz einer Toten, und ich antwortete irritiert, dass es alles andere als unheimlich sei, im Gegenteil, es sei tröstlich und tatsächlich – schön, und es war das, was ich empfand. Anders als vor hundert Jahren gab es keinen Fotografen, keinen Blick von außen, wir installierten den Selbstauslöser, blieben unter uns, was ich bedauerte.

Zehn Sekunden, rückwärts gezählt.

Schluss.

Das Foto der Goldenen Hochzeit meiner Eltern hängt heute neben dem Foto von 1927. Mein Vater ist deutlich die zentrale Figur, vielleicht auch, weil er ganz anders aussieht als sonst. Er blickt von uns allen am direktesten in die Kamera, sein Gesicht trägt den Ausdruck eines endgültigen Ernstes, es ist Anklage, Zorn und Einsehen, ein widerständiges und starkes Gesicht, aus dem alle – ja, Wehleidigkeit und Verwirrung verschwunden ist. Mein Vater sieht den Augenblick an, er bringt es fertig. Seine Familie flankiert ihn ergeben. Meine Mutter hat den Kopf geneigt und betrachtet konzentriert etwas Kleines, das links zu ihren Füßen im Gras liegt, sie hat sich abgewandt. Ich kann nicht sagen, wie ich aussehe. Mein Kind lächelt. Haus, Bäume, Himmel über uns sind da, wie vor hundert Jahren. Wir, in absehbarer Zeit, dann nicht mehr.

Als ich meinen Vater später gefragt habe, warum wir ein solches Foto nicht schon früher und zu anderen Anlässen versucht hätten, antwortete er, ohne zu zögern und mit schlecht verhohlener Missbilligung über meine Ahnungslosigkeit, mein Unwissen.

Er sagte, weil das ein finales Foto ist.

Auf eine Weise, denke ich heute, gehört dieser Satz zu meinen Geschichten. Zu meinem Schreiben. Ich kann leichter über dieses und jenes schreiben, wenn es zu Ende gegangen ist, wenn ich weiß, dass es zu Ende gehen wird. Final meint nicht, dass die Dinge gut sind, wie sie sind. Es meint nur, dass sie irgendwie an ein Ende gelangt sind, an dem sie sich neu finden, wieder von vorne anfangen müssen. In »Sommerhaus, später« habe ich geschrieben, Glück sei immer der Moment davor. Heute würde ich schreiben, Glück ist immer der Moment danach – der Moment, in dem du das vermeintliche Glück überstanden hast, mit heiler Haut davongekommen bist, Glück als solches erkannt und wieder verloren, losgelassen und verworfen hast. Das ist das Finale oder anders – das ist es, wohin ich schreibend gelangt bin, und sicher meint das, ob davor oder danach, letztlich schlicht ein und dasselbe.

Ich habe die Puppe Anna in ihrem roten Kleid auf ihrem Stühlchen umgestellt, sie sitzt jetzt auf dem Sockel der Schreibtischlampe. Sie sieht mich an. Ich könnte denken, sie beobachtet mich, aber das wäre zu drastisch, sie sieht mich ein wenig so an, als säße sie in einem Theater. Sie sieht eine Frau an, die an einem Schreibtisch sitzt, sie sieht dieser Frau zu. Hinter ihr lehnt eine Karte, die mir jemand aus Berlin geschickt hat, Zufall, ich habe mit niemandem über diesen Text hier gesprochen, ein Satz von Einar Schleef:

Erinnern ist Arbeit.

Karte, Lampe und die Puppe auf dem Stuhl wirken wie eine Installation. Ich habe den Abstand zwischen mir und der Puppe vergrößert, sie ist so weniger Teil von mir, mehr Gegenstand. Sie weiß etwas, das ich in mir eingesponnen und versteckt habe, und sie wird es für sich behalten. Ich schreibe nicht, um mit diesem Rätsel umzugehen. Ich schreibe, weil sich das so ergeben hat, das Rätsel kennzeichnet nur die Weise, in der ich an den Geschichten arbeite, an sie denke. Ich schreibe, wie ich träumen würde, würde ich träumen. Ich schreibe eine erste, zweite und dritte Fassung der Geschichte. Aus jeder Fassung streiche ich etwas, setze wieder ein, nehme weg und wiederhole und nehme noch etwas weg und das, was in der letzten Fassung unwiederbringlich verloren ist, ist das, wofür ich die Geschichte geschrieben habe. Impuls und Motiv. Es spielt keine Rolle, dass es verloren ist – es ist ja da gewesen, und dieses Dagewesensein impliziert ein Nachleuchten, eine metaphysische Verdichtung. Das kann man lächerlich finden, was mir gleichgültig ist – ich bestehe darauf. Man muss sich konzentrieren, man braucht seinen sechsten Sinn. Das Gefühl, einen Raum zu betreten, in dem gerade eben noch jemand gewesen ist, und dieser Jemand ist weg, aber er hat etwas hinterlassen, eine Schwingung, eine spezielle Atmosphäre.

Schwefel und Staub.

Geschichten schreiben heißt misstrauisch sein. Lesen

heißt, sich darauf einzulassen. Jede Geschichte erzählt von einem Gespenst. Am Ende ist das Zentrum der Geschichte ein Schwarzes Loch, aber es ist nicht schwarz, und es ist nicht finster. Es kann im besten Falle glühen.

III.

Im Winter 2020, im ersten Winter der Pandemie bin ich endgültig von der Stadt aufs Land gezogen. In ein Haus, das wie das der Erzählerin aus dem Buch »Daheim« in sicherem Abstand zum Dorf, zu dem Sommerhaus meiner Großmutter liegt. Die Familie ist wegen Covid in der Stadt geblieben. Alles steht still. Ich bin seit beinah drei Monaten auf dem Land – so lange hintereinander weg und so exzessiv alleine wie nie zuvor, und es gibt Augenblicke, in denen es mir so vorkommt, als wäre jede Verbindung zur alten Welt gekappt. Ich habe den Eindruck, ich müsse darauf achtgeben, dass das nicht in der Wirklichkeit stattfindet, ich müsse den Schwebezustand zwischen der Erinnerung und der Freiheit, sich an gar nichts zu erinnern, halten und aufpassen, dass das Gewicht sich nicht auf die eine oder andere Seite verlagert. Im November und Dezember hat sich mit dem zweiten Lockdown ein Gefühl eingestellt, das Turgenjew in seinem Roman »Rudin« als »an den Grund des Stromes gelangen« beschreibt. Die Welt zieht schwer über dich hinweg, voller Leid, Klage, Schönheit, aber du bist unterhalb der Strömung, du hältst da still, und weil du stillhältst, kannst du bleiben, wo du bist. Leben unter Wasser, eigenartig ähnlich dem Lebensgefühl, das die Erzählerin in »Rote Korallen« beschreibt, Leben wie unter Wasser, Tage ohne Grund. Der Unterschied ist natürlich, dass diese Protagonistin sehr jung ist, und ich bin alt oder auf dem Weg dahin, alt zu werden; offenbar kann man zu gänzlich verschiedenen Zeiten im Leben von ein und demselben Gefühl getragen werden. Das Lebensgefühl der Erzählerin in »Rote Korallen« war meines. Vor über dreißig Jahren. Und in meiner Erinnerung war dieses Lebensgefühl eher unglücklich. Dasselbe Gefühl heute ist beinahe glücklich. Ist das tröstlich? Hat das überhaupt etwas zu bedeuten.

Es gibt wenige Menschen hier, die ich sehe und mit denen ich spreche, eigentlich ist es nur einer. Ich sehe Jon. Die Rechtfertigung für diese Begrenztheit ist Covid, aber letztlich möchte ich auch ohne Covid keine anderen Menschen sehen, ich möchte schlicht nur Jon sehen, und Covid macht, dass sich wiederholt ein Motiv ergibt, nach dem ich mich sehne:

Ich und ein anderer sind alleine auf der Welt.

Jon und ich sind alleine auf der Welt.

Im November 2020, in den Tagen, in denen ich mich als auf dem Grund des Stromes treibend empfand, verbrachten wir einige Nachmittage im Schlossmuseum der hiesigen Provinzstadt, in dem Jon beruflich zu tun hatte. Er hatte abwegige, nicht auf den ersten Blick ins Auge fallende Details des Interieurs auszusuchen und abzufotografieren, und wir verbrachten Stunden in den Salons und Kabinetten und legten uns rücklings aufs Parkett, um in den Deckenmalereien die versteckten Botschaften zu entdecken, den Frosch im Schnabel des Reihers, den Gott, der den Windwagen zieht, die entblößte Brust, abgewandte nackte Schulter. Das Museum war pandemiebedingt geschlossen. Niemand da, außer uns, wir konnten spielen, andere zu sein, als die, die wir waren, wir taten das in angemessener Dankbarkeit für die Umstände: kontemplativ. Drei Tage, wir blieben über den frühen Einbruch der Dunkelheit hinweg, und am letzten Tag ergab es sich, dass der Nachtwächter uns beinahe eingeschlossen hätte. Freitag.

Er überraschte uns im Audienzsaal, in dem wir auf den Fensterbrettern saßen und auf den verlassenen Schlossplatz raussahen. Er sagte, wenn er nicht zufällig unsere Stimmen gehört hätte – wir hatten gar nicht miteinander gesprochen –, hätte er uns versehentlich tatsächlich eingesperrt. Er wartete höflich, bis wir unsere Siebensachen zusammengesucht hatten, und brachte uns zum Ausgang; er sagte, er wäre erst Montag wiedergekommen, wir hätten das Wochenende irgendwie überstehen müssen.

Er sagte, und die Vorratskammern sind leer.

Dann schloss er das Portal hinter uns.

Später schrieb ich Jon eine kurze Nachricht. Ich schrieb, ich wäre ausgesprochen gerne ein ganzes Wochenende über mit ihm in einem Provinzschloss eingesperrt gewesen, ich schrieb, wie bedauerlich, wir hätten uns alles gesagt.

Jon kommt oft darauf zurück. Er wiederholt das – wir hätten uns alles gesagt, er will von mir wissen, was das gewesen wäre: Alles.

Das ist eine lustige Frage. Es ist unmöglich, ihm zu sagen, was Alles gewesen wäre, uns ist beiden klar, dass es zu dieser Offenbarung nicht mehr kommen wird. Zwei Tage und Nächte in einem Schloss hätten eine Wahrheit mit sich gebracht, die unwiederbringlich über den Jordan gegangen ist; beruhigend, anzunehmen, dass es immer mehrere Wahrheiten gibt.

Jon lässt dennoch nicht locker. Er sagt dennoch, was meinst du mit Alles. Was hast du damit gemeint.

Ich könnte sagen, also zum Beispiel unsere Obsessionen. Du hättest mir endlich von deinen geheimen Wünschen erzählen können, in achtundvierzig Stunden wären wir auch darauf gekommen, du hättest alles auf eine Karte setzen können, aber natürlich sage ich das nicht.

Ich sage gar nichts.

Der Dezember ist vorbei, das neue Jahr ist angebrochen, ich steige auf, vom Grund des Stromes hoch, zurück zu den anderen, ich muss Luft holen, letztendlich doch. Das Luftholen bringt das Sprechen mit sich. Seitdem das neue Jahr begonnen hat, spricht Jon sehr viel mehr mit mir als noch im letzten Jahr, ich spreche mehr mit ihm, jeder Satz, den wir für den anderen formulieren, bringt ein neues vertracktes Rätsel mit sich. Je mehr wir versuchen, uns zu erklären, desto mehr missverstehen wir den anderen. Wie im Märchen. Reden ist Silber. Schweigen Gold.

Ich frage Jon, woran das liegen könnte.

Er denkt eine Weile nach, dann sagt er tatsächlich, es liegt an den Gespenstern.

Ich denke, dass ich weiß, was er meint.

Eines der Dinge, die Jon im Provinzschloss fotografiert hat, ist ein Nachtbild. »Die Erschießung des letzten Wolfes in J.«, es ist ein dunkles Bild. Dicke, ölige Schwärze, ein Lichtlein einzig am rechten Bildrand im Fenster einer Kate, Jon hat es mit den Wölfen, vermutlich hatte er dieses Bild wegen des Titels ausgesucht, es war ja eigentlich nichts darauf zu sehen. Aber dann erschien auf dem Kameradisplay ein ganz anderes Bild: tatsächlich das eines Wolfes, am rechten Bildrand mit Abstand zum Haus, die Ohren wachsam aufgestellt, die Pfote erhoben, witternd. Auch die Kate tauchte wie aus einem Zwielicht auf, Weiden am Horizont, ein Graben, versprengte Sterne, es war gar kein Nachtbild, es war ein Dämmerungsbild. Das Kameraobjektiv hob gleichermaßen unerbittlich und sanft eine Szene aus dieser Schwärze heraus, die offenbar eine jahrhundertealte Ruß- und Fettschicht gewesen war – es machte das Licht an. Wir waren begeistert und erschrocken.

Hätte der Schreck überwogen, hätte Jon das Bild vielleicht für sich behalten. Aber die Begeisterung war größer, und so nahm er es in die Auswahl der Bilder für eine Projektion an der Schlossfassade auf, ein visueller Adventskalender für die Bürger der Stadt, in dem sich vierundzwanzig Tage lang jeden Abend ein neues Bild zeigen sollte. Daguerreotypie zweier Kinder mit Spielzeugkutsche und Ziege aus dem vorvorigen Jahrhundert. Gemälde dreier Grazien. Drachen aus den Wandmalereien, Portrait eines jungen Mädchens mit Korallenohrringen, Holzskulptur einer anmutigen Maria mit Kind, Gartenszene, Picknick am Waldrand mit Aussicht. Alle Motive stark vergrößert, von den Schlossfenstern, Simsen und Zinnen unterbrochen oder unterstrichen. Die Projektion hieß »Advent, Ankunft und Nähe«, die Szenen zeigten häufig mehrere Menschen, sie zeigten Berührungen, Zusammensein. Keine Musik, keine zusätzlichen akustischen oder visuellen Reize, der Schlossplatz dunkel, die Projektionen statisch, ein Hauptbild und täglich, wie die sich öffnenden Türchen eines Adventskalenders, ein neues kleines Bild im Wechsel. Abend für Abend kamen mehr Menschen, standen vor dem Schloss, das sie nicht betreten durften und das in diesem letzten Monat eines schwierigen Jahres einige seiner Schätze von innen nach außen trug, sichtbar machte.

Andacht. Das schweigende Stehen der Menschen hatte etwas Andächtiges.

Der Wolf erschien am Abend des fünfzehnten Dezember auf der Fassade. Das Bild war so projiziert, dass er über das Portal schnürte, die Pfote gegen das Fenster gestützt, auf dessen Brett Jon und ich an diesem einen Novembernachmittag zusammen gesessen hatten. Die Kate wurde von der Rundung des Schlossturms aus der Perspektive gebogen, der Wolf war alleine auf der Welt, über ihm gingen die Sterne unter oder auf. Die Betrachter reagierten auf den Wolf nicht anders als auf andere Motive. Sie hoben die Handys und fotografierten ihn, wie sie auch Grazien und Windgötter fotografiert, diese Fotos mit nach Hause genommen hatten, um sie wem zu zeigen, an wen weiterzuleiten, via WhatsApp Signal Twitter in die Welt hinauszuschicken – eine Beute. Hätten sie gefragt, wo dieses Bild im Schloss zu finden sei, hätte Jon passen müssen. Der Wolf war auf dem Bild ja nicht zu sehen, er war von der Dunkelheit beschützt, und ich denke erst heute, dass Jon und ich ihn aus diesem Schutz heraus in ein Schlaglicht geholt und zum Abschuss freigegeben haben.

Und weil ich mit vielleicht fragwürdigen Metaphern dieser Art durch diese Tage gehe, denke ich an Marco, und weil ich an Marco denke, fällt mir ein Abend wieder ein, den wir vor langer Zeit miteinander verbracht haben, sicher vor über zehn Jahren. An diesem Abend waren wir zu zweit, vielleicht fällt er mir auch deshalb wieder ein; wir waren selten zu zweit gewesen, nur am Ende, als Marco krank war und ich ihn zu Hause und dann im Altersheim besuchte. Aber an diesem Abend im Prenzlauer

Berg war er noch gesund oder er wusste noch nichts von seiner Krankheit. Es wird so gewesen sein, dass die anderen zunächst dabei, später nach Hause gegangen waren und wir zufällig zu zweit zurückgeblieben sind; es gab damals keine Verabredungen. Man ging raus. Die Straße runter, bog rechts und dann links ab und verließ sich auf das Schicksal, man konnte sicher sein, jemandem zu begegnen, jemandem aus dem engeren oder ferneren Kreis von Adas Rudel, Adas Familie, man lief schon an der nächsten Ecke in X und an der übernächsten in Y rein, und dann war man im Schwarm. Die Stadt war klein. Sie war ein Dorf und eine Insel.

In der Szene, die mir im Gedächtnis geblieben ist, standen Marco und ich vor einer Kneipe auf der Lychener Straße, einer scheußlichen Bar, die sich den gezierten Luxus eines Türstehers leistete, der uns nicht reinlassen wollte. Vielleicht waren wir ihm zu betrunken. Vielleicht wollte er sich wichtigmachen, oder der Laden war voll, oder Marco hatte ihn nicht ernst genug genommen – wie auch immer, er ließ uns nicht rein. Spätsommer, die Nacht noch nicht kalt und nicht mehr warm. Marco debattierte eine Weile, dann ließ er das sein. Er ließ vom Türsteher ab und legte sich übergangslos direkt vor dem Laden in eine der Pfützen zwischen den damals noch schiefen Gehwegplatten. Er legte sich auf den Rücken, breitete die Arme aus, zog die Beine an, ein zufriedener Mensch, er lächelte, er sah lächelnd hoch in den nächtlichen Himmel über der Stadt, marineblau, gewölbt wie ein tiefer Teller. Er schmiegte sich an den

Asphalt, als wäre der Asphalt weich. Ich sah ihm staunend zu, der Türsteher sah ihm ebenso staunend zu, allerdings wich sein Staunen ziemlich bald Verachtung, dann Verärgerung. Er kam aus seinem Ladeneingang raus und sagte, steh auf, Mann. Steh bloß auf. Hau ab. Verpiss dich. Verpisst euch hier. Alle beide.

Ich hatte zu diesem Zeitpunkt seit einigen Monaten mit dem Rauchen aufgehört, was schreckliche Arbeit gewesen war. Es war gefährlich für mich, auszugehen, Alkohol zu trinken und, was das Rauchen angeht, abstinent zu bleiben, und ich war angetrunken und ziemlich gereizt. Der Türsteher rauchte. Filter zwischen Daumen und Zeigefinger, knappe, harte Züge, er musste sich schwer zusammenreißen, um Marco keinen Tritt zu versetzen, und als ich das sah, nahm ich ihm die Zigarette weg. Ich pflückte sie zwischen seinen dicken Fingern raus und paffte erst, und dann zog ich und rauchte sie weiter und zu Ende.

Schwer zu sagen, warum ich das tat. Ablenkung oder Autoaggression. Oder vielleicht schlicht eine Variation von Marcos Entwurf, ein unbewusster und geschwisterlicher Kommentar; ich verstand Marcos Lage, ich verstand *etwas* daran, das ich nicht in Worte hätte fassen können.

Der Türsteher war zu verblüfft, um mir die Zigarette wieder abzunehmen, das Nikotin schoss wie eine intravenös verabreichte Flüssigkeit in mein entwöhntes Nervensystem, in meine Fingerspitzen, Zehen, es fühlte sich nach dem Gift an, das es war, und es fühlte sich phantastisch an, und ich zog noch einmal, und noch mal und Marco sagte träge, ach, geh mir einfach aus den Augen, Alter, ich bin, wo ich hingehöre. Wo ich hier bin, da will ich sein.

Zu viel für den Türsteher, nicht zu begreifen, und er schüttelte den Kopf und spuckte tatsächlich immerhin zwischen uns aus, aber mehr fiel ihm dazu nicht ein, und schließlich ging er zurück in seine Bar und zog die Tür heftig hinter sich zu.

Nach einer Weile stand Marco auf und schlenderte zu seinem Fahrrad rüber, das er an einen Baum gelehnt hatte. Er legte den Kopf schief und sah es an, dann warf er es um und sprang drauf, die Speichen knackten, das Schutzblech brach. Es sah schön aus, tänzerisch, rituell, er trug geschnürte Dr. Martens und eine schwere Jacke, er sprang kraftvoll, und das dreckige Pfützenwasser flog im Straßenlaternenlicht in silbernen und opalen Tropfen von seinen Schultern, seinen ausgebreiteten Armen, abgewinkelten Händen. Ada hatte mir erzählt, dass Marco als Kind auf dem Nachhauseweg von der Schule, vom Fußballspielen, Baden immer etwas habe kaputt machen müssen, er habe Autospiegel abgebrochen, Scheiben eingeschlagen, Gartentore eingetreten, etwas zerstören müssen, bevor er zu Hause angekommen war, niemand habe ihn davon abhalten können. In dieser Nacht auf der Lychener Straße hielt ich Marco ebenfalls nicht davon ab, sein Fahrrad zusammenzutreten, es wäre mir im Traum nicht eingefallen, ihn davon abzuhalten.

Ich ging nach Hause.

Am nächsten Tag war Sonntag, und Marco rief mich früh an. Er hatte einen Filmriss und wollte wissen, ob ich wisse, wo sein Rad sei, und ich sagte, ich würde es ihm zeigen. Er holte mich ab, und wir gingen durch das wie ausgestorbene, sonntäglich stille Viertel zu der Kneipe, deren morsche Rollladen runtergelassen waren und vor der das zerstörte Fahrrad lag. Marco betrachtete es lange. Ich war mir sicher, dass er sich jetzt erinnerte, aber er sagte nichts, und ich sagte auch nichts. Dann hob er es auf, man konnte es noch halbwegs schieben, und das tat er, er schob es neben sich her und wir liefen ein Stück weit und tranken dann einen Kaffee in einem portugiesischen Laden mit beschlagenen Scheiben. Wir saßen nebeneinander am Tresen am Fenster, wischten Löcher in die beschlagene Scheibe und sahen auf die Straße raus, den vereinzelten Passanten hinterher, den Tauben zu, die zwischen den Autos herumtrippelten, zum Rad hin, das zerbeult am Laternenpfahl lehnte. Wir sprachen nicht über das Rad, nicht über die Pfütze und nicht über die Nacht. Wir waren uns an diesem Morgen sehr verbunden; zuvor weniger, später nie wieder.

Marco war, denke ich heute, der Einzige, den ich mit zu meinen Eltern genommen, den ich meinem Vater vorgestellt habe. Dass ich das getan habe, muss bedeuten, dass ich ihm, anders als allen anderen, vertraut habe. Winter. Marco arbeitete damals in einer Tischlerei, meine Eltern waren schon die letzten Mieter, sie bekamen die Zimmer nicht mehr warm, Marco hatte vorgeschlagen, Holz vorbeizubringen. Er wusste, dass meine Eltern die Letzten in einem ganzen Wohnkomplex waren, eine Tatsache, die ihn auf anarchische Weise beeindruckte, die Zeit der verlassenen, leerstehenden Wohnungen, Hausbesetzungen war damals schon lange vorbei. Mehr wusste er nicht, ich hatte mit ihm nie über die speziellen Verfassungen meiner Familie gesprochen. Er fuhr mit einem Hänger voller Holz vor, schaffte das in den Keller und auf die Balkone, mein Vater kochte Kaffee, er benahm sich vernünftig, aber er war auch auf der Hut, er war vorsichtig und so, als wäre Marco unberechenbar, als wäre er wild. Ich beobachtete Marco, ich wartete darauf, dass ihm etwas auffallen, seltsam vorkommen würde, ich war sicher, dass er mich später nach dem einen oder anderen Detail fragen würde. Die unaufgeräumte Wohnung. Das Chaos in den vollgestellten Zimmern, die zerlöcherte Wolljacke meines Vaters, die Medikamentenschachteln, die zerknitterten Zettel voller Zahlenkolonnen, seine Unaufmerksamkeit und seine Müdigkeit, aber er fragte nichts. Ihm war entweder nichts aufgefallen, oder ihn hatte das, was ihm aufgefallen war, nicht erstaunt, oder es hatte ihn schlicht nicht interessiert. Mein Vater gab vor, dies und das über Frankfurt-Oder wissen zu wollen. Marco erzählte dieses und das. Wir tranken einen zweiten Kaffee und aßen Marzipanschokolade dazu, dann fuhren wir zurück in den Prenzlauer Berg. Das ist nicht spektakulär, aber für mich ist es spektakulär, es ist eine Geschichte im Sinne von Geschehenem: All das ist geschehen. Und ich habe, bislang, nichts darüber geschrieben. Und die Frage ist, ob ich, würde ich darüber schreiben, Marcos Zartheit und Verletzlichkeit, seine Krankheit, die vielleicht an Szenen wie dieser auf der nächtlichen Straße schon einen großen Anteil gehabt hat, so ans Licht hole, wie Jon im Schloss den Wolf ans Licht geholt hat. In der Dünnhäutigkeit und Gereiztheit der stillen und zurückgenommenen pandemischen Wochen gewinnt alles an Bedeutung – die Chiffren nehmen zu und werden unverständlicher –, und ich denke, dass das Geheimnis einer Geschichte das eine, der Wolf einer Geschichte das andere ist. Wäre Marcos Zartheit in einer Geschichte der Wolf. Oder anders – kann ich den Wolf erzählen, ohne ihn zum Abschuss freizugeben.

Vor der Pandemie, ein Jahr davor, waren Jon und ich zusammen auf einer kurzen geschäftlichen Reise gewesen – gemütlich, das Wort geschäftlich zu benutzen, es kommt im Alltag eines Schriftstellers eigentlich nicht vor –, einer Recherche im Oldenburger Land. Wir hatten in einer Kleinstadt in einem Hotel am Marktplatz übernachtet, unsere nebeneinanderliegenden Zimmer am späten Nachmittag bezogen und uns für den Abend im Hotelrestaurant zum Essen verabredet; zwischen Ankunft und Verabredung lagen zwei Stunden. Ich hatte den Koffer abgestellt, war im Mantel an der Tür stehen geblieben, hatte bis hundert gezählt und das Zimmer auf Zehenspitzen wieder verlassen, ich wollte noch einmal alleine draußen sein, für mich durch die Stadt gehen und in die hell erleuchteten Fenster ihrer Häuser hineinsehen. Nichts Merkwürdiges daran. Wir waren seit Tagen miteinander unterwegs, das Bedürfnis nach Rückzug war naheliegend, wir hatten uns auch nicht darüber verständigt, wie wir die zwei Stunden getrennt voneinander verbringen wollten. Trotzdem hatte es etwas von einer Lüge, als ich so leise wie möglich an Jons Zimmer vorbei zur Treppe ging, und ich fühlte mich ertappt, als ich anderthalb Stunden später zurückkam und er das bemerkte, weil er zufällig gerade an der Rezeption mit dem Hotelangestellten sprach. Er zog die Augenbrauen hoch, als ich die Rezeption betrat, dann wandte er sich ab. Die Situation war amüsant, es war so, als wären wir Spione, und er hätte mich dabei erwischt, wie ich das Lager wechselte. Sie war eigentlich amüsant, aber darunter war sie ernst. Beim Abendessen sprachen wir darüber. Knapp. Ich wollte davon ablenken, dass ich eigenständig unterwegs gewesen war, mich der losen Abmachung der gemeinsamen Beobachtung entzogen hatte, ohne das mit ihm abgesprochen zu haben, also erzählte ich ein wenig was von meinem Gang durch die abendliche Stadt, und Jon hörte sich das an. Ich war bis zum Stadtrand, durchs Industriegebiet, zurück ins Zentrum spaziert, am Schluss auf den Kirchturm gestiegen – er hörte sich das gelangweilt an und deutlich distanziert. Er tat so, als wäre all das nicht der Rede wert, womit er recht hatte. Er schien verstimmt zu sein, und als ich ihn fragte, ob er verstimmt sei, sagte er, meine Geheimniskrämerei gehe ihm auf die Nerven. Er sagte nicht »ziemlich« oder »etwas«, er sagte schlicht, deine Geheimniskrämerei geht mir auf die Nerven, und ich sagte, meine Geheimniskrämerei ist ein Trauma. Sie resultiert aus einem Trauma, es tut mir leid.

Ich sagte, ich bin das traumatisierte Kind eines depressiven Vaters, ich komme aus einer Familie von Verrückten, ich muss die vielfältigen Symptome der Krankheiten des Geistes vor der Welt verbergen, zumindest denke ich, ich müsste das tun.

Ich sagte das so oder ähnlich, ich fügte zur Illustration zwei, drei Details hinzu, Selbstverstümmelungen meines Vaters in der Psychiatrie, die Suizide, die Krankheit meiner Großmutter, ich fasste mich kurz. Ich hatte auch mit Jon naturgemäß noch nie über meine Familie gesprochen, und er mit mir nicht über seine. Es gab in seiner Familie mit Sicherheit den einen oder anderen Abgrund, vielleicht nicht so deutliche Abgründe wie in meiner, und wie auch immer, ihm wird die Verbindung zwischen Kindheit und Prägung bekannt gewesen sein, mir wurde sie erst in diesem Moment deutlich. Mir wurde erst in diesem Provinzhotel die Verbindung zwischen meiner Geheimniskrämerei und den verdunkelten Zimmern meiner Kindheit klar, schubartig, exakt während ich sie aussprach. Ich muss eine Wut auf Jon gehabt haben, dass ich ihm diese Information so zukommen ließ. Oder habe ich ihm vertraut. Habe ich ihm – tatsächlich – vertraut. Ich erzählte ihm etwas, das ich den anderen sogenannten Freunden, der gesamten Wahlfamilie in all den Sommern nicht erzählt hatte, auch Marco nicht erzählt hatte: Ich erzählte ihm auf den Vorwurf der Geheimniskrämerei hin mein Geheimnis.

Jon nahm das zur Kenntnis. Er zuckte nicht mit der Wimper. Er hörte sich das Geheimnis so an, wie er sich zuvor die Schilderungen der Ausfallstraßen der Stadt angehört hatte, gleichmütig, er sah eigentlich aus, als hätte ich etwas ganz anderes gesagt, und womöglich wollte er mir die Gelegenheit geben, das Gesagte wieder zurückzunehmen. Es mir noch einmal anders zu überlegen. Er sah aus, als hätte er, hätte ich ihn darum gebeten, gesagt, ich habe dich gerade akustisch nicht verstanden.

Aber ich nahm es nicht zurück.

Und dann kam das Essen, wir bestellten ein zweites Glas Wein und warteten auf die Pfeffermühle, den Salzstreuer, eine Flasche stilles Wasser, bitte, und dann redeten wir über etwas anderes.

Jon hat mich bis heute nicht noch einmal nach meiner Kindheit gefragt. Ich habe meine Kindheit bis heute nicht noch einmal erwähnt. Aber ich denke oft daran. Ich denke oft, dass ich Jon etwas Schwerwiegendes über mich erzählt habe und dass das erstaunlicherweise nichts verändert hat oder dass eine mögliche Veränderung sich jedenfalls nicht in etwas Faktischem zeigt, und ich frage mich, ob das gut ist oder weniger gut. Ich frage mich, ob Jon mein Geheimnis, das von diesem Abend an keines mehr war und ab jetzt erst recht keins mehr ist, verdrängt hat, eine Vorstellung, die mich beinahe erheitert. Die weitergegebene Verdrängung, der Reflex des Fallenlassens, ich habe ihm eine heiße Kohle in die Hand gegeben, er hat sie fallenlassen.

Wüsste er heute noch davon.

Oder würde er ehrlich verwundert sagen, ach. Das hast du mir erzählt? Davon weiß ich nichts mehr.

Denn hätte er, wüsste er es noch, im Laufe der darauffolgenden Monate nicht eigentlich fragen müssen? Nachfragen, nachhaken, wie sagt man – dem im Fluss davontreibenden Geheimnis den Angelhaken nachwerfen, es einfangen, zurückholen, aus dem schwarzen Wasser holen, erschlagen und befragen. Oder tut er genau das Richtige – nimmt er das Geheimnis an und steckt es ein. Steckt es für mich ein. Das Nachfragen würde am Geheimnis ja doch nichts ändern, die Schwere nicht mindern. Vielleicht ist es besser, diese Dinge stehenzulassen, sie nicht zu befragen, sie zu lassen, wie sie sind.

Ich denke darüber nach, während ich hier am Schreibtisch sitze unter der unverwandten Beobachtung der Puppe in ihrem roten Kleid auf ihrem Stühlchen und unter der Lampe und in Gesellschaft der Bücher, die in Stapeln um den Computer herum, neben dem Bett, auf dem Küchentisch und auf den Treppenstufen liegen und geduldig darauf warten, dass ich mich für eines von ihnen entscheide. Dass ich darauf komme, eines aufzuschlagen, das eine aufs andere verweisen zu lassen, die zwischen den Verweisen verborgenen zerbrechlichen Zeichen zu entdecken.

Zufall und Intuition.

Ich lese Sarah Kirsch, Tove Ditlevsen, Gerbrand Bakker, ich lese Lars Gustafsson und John Updike und Christoph Ransmayr und denke über Schreiben nach, und während ich das tue, fällt mir auf, dass ich hier beinahe ausschließlich über die Geschichten schreibe, die ich nicht schreiben werde oder nicht geschrieben habe, das ist der Aufgabe diametral entgegengesetzt, und es ist trotzdem, oder gerade deshalb, der Versuch einer Antwort. Wenn Denken in Geschichten meint, zwei unterschiedliche Positionen zu formulieren – Schreiben heißt Zeigen und es heißt Verbergen –, bedeutet das für mich, zwischen den Gegensätzen dieser Positionen in der Geraden zu bleiben. Jede Geschichte ist eine rückläufige Bewegung auf einen Anfang zu, Schichtung um ein Zentrum; nicht nur die eigenen, auch die der anderen, viel mehr wohl die Geschichten der anderen, die ich lese, um aus ihnen heraus auf meine eigene Stimme zu kommen, die ohne die Stimmen der anderen aber gar nicht hörbar wäre. Die aufeinandergeschichtete Dichtung, schreibt John Burnside in »Wo die Exekutive ihre Finger einzieht«, schafft eine Atmosphäre, schafft eine moralische Nahrung, mit der wir, denke ich, durch die Tage gehen, durch die Tage im Jahr einer Pandemie jedenfalls so deutlich wie zuvor nicht. Ich verbringe den Tag am Schreibtisch, gerne den sehr frühen Tag, wenn es draußen noch dunkel ist, nicht mehr und noch nicht, wie Sarah Kirsch das nennt, die morgendliche Dunkelheit für mich benennt, dann rollt die Sonne über den Horizont.

Ich nehme die Lesebrille ab und sehe raus, dann setze ich die Brille wieder auf und sehe auf den Bildschirm des Laptops, ich setze die Brille häufig ab, und ich sehe lange aus dem Fenster. Der Raum, in dem der Schreibtisch steht, ist groß, beinah leer, ab und an stehe ich auf und gehe bis zu seinem Ende und wieder zurück an den Schreibtisch.

Ich trinke Tee.

Ich koche mehrere Kannen Tee, ersetze die Teelichte im Stövchen, verbrenne japanische Räucherstäbchen, ich lenke mich auffällig mit Flämmchen ab. Mit Feuerzeugen, Streichhölzern, Rauch. Ich sehe auf das Display des auf Nicht-Stören geschalteten Telefons, ich kann nicht widerstehen, diese Nachrichten zu lesen, Fotos, Bilder, Videos, Grüße, Sequenzen der Leben der anderen so weit weg von meiner Isolation, für die Covid ein Alibi ist. Zwischendurch kommt der Postbote. Die Nachbarin. Die Müllabfuhr. Lese ich zwei Gedichte. Eine Seite in Houellebecqs »Schopenhauer«, ein Kapitel in Bakkers »Jasper und sein Knecht«, Tove Ditlevsen nicht tagsüber, nur morgens und abends. Updike auch. Ich esse was. Ich telefoniere. Ich steige ins Auto und besuche Jon in seinem Atelier in der Provinzstadt mit Blick auf das Schloss und den Marktplatz, mit Blick auf das, was ich in der Einsamkeit der Aussicht auf Feld und Himmel manchmal vergesse:

Menschen.

Wir sitzen auf zwei Stühlen nebeneinander und sehen zu diesen Menschen raus – mit Masken auf Rädern und meist im Regen –, und wir sprechen ein wenig, dieses und jenes. Der Eisvogel im Schlosspark. Die steigenden sinkenden steigenden Zahlen. Der Umgang unserer Kinder mit der Pandemie, Jon hat drei Kinder und diesbezüglich viel zu erzählen. Das eine oder andere Buch – er bevorzugt die nordischen Autoren und scheut die amerikanische Literatur, über Updike kann ich mit ihm nicht reden –, das Wetter, das Licht, das beginnende neue Jahr.

Möchtest du noch eine Tasse Kaffee.

Ja. Gerne. Eine kleine letzte Tasse Kaffee noch.

An einem dieser Nachmittage – Pandemienachmittage, und ich frage mich nach dem Preis für diesen asozialen Frieden in Jons Raum, während um uns herum die Welt aus den Angeln geht – sagt Jon unvermittelt den Satz, wir könnten doch aufmachen. Er will sagen, wir könnten uns doch aufmachen. Einander mitteilen, offen sein, es geht ums Vertrauen in den anderen und in sich selbst. Anlass für diesen eigenwilligen Vorschlag ist ein Foto meines Schreibtisches in meinem Arbeitszimmer in Berlin, das ich ihm am Abend zuvor aus meinem Archiv rausgesucht und via WhatsApp geschickt hatte. Ich hatte es ihm geschickt, weil ich ihm von einem Bild erzählen wollte, das über diesem Schreibtisch hängt, und zu faul gewesen war, das zu beschreiben. Jon kennt meine Berliner Wohnung nicht. Er weiß, mit Ausnahme meines Geheimnisses, kaum was von den Berliner Verhältnissen, und ich habe ihm dieses Foto zögernd geschickt: meine Welt.

Ich frage ihn, was er gedacht habe, als er das Foto gesehen habe, und er antwortet, er habe einen Schreck gekriegt.

Genau – er trifft ins Schwarze.

Jon hat einen Schreck gekriegt, weil ich ihm unvorbereitet ein Detail aus meiner Welt gezeigt habe, ich habe ihn mit einem Foto meines Schreibtisches erschreckt, für mich ist das der richtige Ausdruck, ich finde, er erschrickt zu Recht. Angemessen, auch als er das Wort, irritiert über meine Begeisterung, erst zurücknehmen, dann umformulieren will – der Schreck wäre eher Überraschung gewesen –, ist es zu spät, von allen möglichen Worten ist Schreck das richtige. Jedes Buch vermittelt dir einen solchen Schrecken. Aber es wahrt den Abstand, es hat eine Behutsamkeit, die den Schrecken mindert. Der Abstand ist die Vorstellungskraft, die eigene Wahl der Bilder. Und die Beweglichkeit des Objektes – ich schlage das Buch zu. Breche es ab. Schlage es wieder auf und lese es weiter und zu Ende. Ich möchte denken, dass Jons Umgang mit meinem ihm im Provinzhotel offenbarten Geheimnis derselbe ist wie der Umgang mit den Geheimnissen der Bücher. Wenn ich ein Buch lese, nehme ich sein Geheimnis an, ich *über*nehme es. Und behalte es für mich. Vielleicht hat Jon also auch deshalb gesagt, wir könnten aufmachen. Er hat eigentlich sagen wollen, dass der Schreck vorübergehend ist und dass ihm Zärtlichkeit – und dann Liebe folgt.

Er ist sich da ziemlich sicher.

Ich sage, weißt du, wie man aufmacht. Weißt du, wie das geht.

Er sagt entschlossen, ich weiß das, ja.

Ich sage, gut. Ich weiß es nämlich nicht.

Mache ich auf, wenn ich eine Geschichte schreibe.

Oder mache ich zu.

Ist es quälend, eine Geschichte zu schreiben, harte Arbeit, den Initiationssatz einer Geschichte einzukapseln, oder ist es beglückend, unterhaltsam, am Ende ein Geschenk. Und wie auch immer – wenn ich eine Geschichte aufmache, ist sie jedenfalls vorbei. Ich mache sie auf, wenn sie das, was ich zu wissen meine, berichtet hat und in gewisser Weise interessiert sie mich dann nicht mehr. Die gespannte Erwartung eines Unglückes, eines Ereignisses, das Warten auf ein Sichweiten der Welt trägt die Geschichte. Aufmachen heißt möglicherweise Ankommen, ich werde Jon fragen, er kennt sich aus. Ankunft – das Finale – findet nur außerhalb der Geschichte statt, weit hinter ihrem Ende. Ich möchte behaupten, alle Geschichten haben ein offenes Ende, das offene Ende macht sie aus. Die Geschichten, die ich liebe, haben ein offenes Ende. Das Mädchen in Carvers »Warum tanzt ihr nicht«, der Junge in Hemingways »Das Ende von Etwas«, Richard in Updikes »Der weite Weg zu zweit«, der Erzähler in Turgenjews »Es klappert«, alle Figuren stehen am Ende mit erhobenen, mit leeren Händen da.

Wie geht es weiter?

Die Möglichkeit des Aufmachens findet in der Geschichte durchaus statt. Eine Andeutung, die zu nichts führt, Erkenntnis ohne Ziel, Aufflackern eines Gedankens oder Bewusstseins. Das Mädchen in Carvers »Warum tanzt ihr nicht« bemüht sich darum – *da war noch mehr an der Geschichte und sie versuchte, es sich ein für alle Mal von der Seele zu reden. Nach einiger Zeit gab sie den Versuch auf*, Hemingway nimmt es in den Titel, »The End of Something«, »Das Ende von Etwas«. Von Etwas. Ich meine zu wissen, was es ist, das Carvers Mädchen ahnt, aber nicht benennen kann oder benennen will. Ich ahne, was Hemingways Junge meint, wenn er sagt, *es ist nichts mehr schön*. Der Schrecken des Erzählers in »Es klappert«, einer der besten Kurzgeschichten überhaupt, ist der Schrecken vor dem Tode, und er bleibt namenlos.

Aufmachen heißt, das Etwas aus seinem Ungefähren holen, den Wolf ans Licht. Zu erklären, was genau das Etwas ist, hieße vermutlich, den Wolf abschießen. Darauf zu verzichten bringt den Wolf in Sicherheit. Lässt ihn am Leben.

Die Erzählerin meines sechsten Buches öffnet am Ende die Falle unter dem Schleppdach hinter ihrem Haus. Unklar, was sich darin befindet, nicht einmal mir ist das klar, aber ich ahne es, oder anders – ich *weiß* es, aber ich habe keine Worte dafür. Was immer es ist, es wird rauskommen, sich zeigen, sichtbar werden. Die Erzählerin wird es, außerhalb des Buches, nach seinem Ende, sehen und verstehen. Ich werde es sehen. Ich habe es gesehen. Und der Leser, wenn er ein geneigter Leser ist, auch.

Und dann?

Aufmachen ist absolut gefährlich. Im Leben wie im Schreiben wie im Lesen, wenn es auch im Lesen verzögert ist. Weiß Jon das. Sollte ich ihn noch mal darauf hinweisen. Oder ist er schon von selbst darauf gekommen.

Einen meiner Geburtstage der letzten Jahre habe ich mit meinem Vater verbracht, meinen neunundvierzigsten Geburtstag. Den Vorabend – wir gingen zusammen in eine Inszenierung vom »Tod eines Handlungsreisenden« ins Deutsche Theater. Mein Vater hatte mir einen Theaterbesuch zum Geburtstag schenken wollen, ich hatte dieses Geschenk angenommen, obwohl klar war, dass eigentlich ich ihm schenkte, mit mir zusammen ins Theater zu gehen. Egal. Wir saßen am Rand der vierten Reihe in einem ausverkauften Haus in der Inszenierung eines jungen Regisseurs, dessen Einfälle etwas angenehm Schultheaterhaftes hatten, Schattenwürfe der Figuren wie Scherenschnitte, rotierende Bühne, Kinderstimmen aus dem Off. Ich hatte das Stück vor dreißig Jahren in einem anderen Theater im anderen Teil der Stadt gesehen, und ich erinnerte mich daran, so in Tränen aufgelöst gewesen zu sein, dass es mir schwergefallen war, den Ausgang zu finden. Worüber hatte ich geweint? Ich saß neben meinem Vater im Theater und hielt den roten Faden in der Hand, der zu einem anderen Abend vor dreißig Jahren hätte führen können, aber der Faden zerfaserte, löste sich auf. Mir kamen noch einmal die Tränen, zum Schluss. Willys Ausbruch, die flehentliche Beschreibung seiner selbst. Wer bin ich. Mein Vater war aufmerksam, aber unbeteiligt, später sagte er, die Schauspieler hätten für seine Begriffe zu leise gesprochen. Soweit ich das mitbekam, weinte er nicht, die Jahre in der Psychiatrie hatten ihm das Weinen nicht unbedingt ein für alle Mal, aber doch nachhaltig ausgetrieben, mein Vater hatte sich eigentlich ausgeweint. Das Publikum stand zum Schlussapplaus auf. Wir blieben noch eine Weile in der leeren Reihe sitzen. Dann gingen wir auch.

Der Abend war warm, es war nicht spät, aber schon dunkel, als wir das Theater verließen. Wir einigten uns darauf, ein Glas Wein zu trinken, etwas zu essen. Bis heute ist gemeinsames Essen mit meinem Vater für mich schwierig, gänzlich abgesehen davon, dass er ein Essen bevorzugt, das auf eine absolut anspruchsvolle Weise anspruchslos ist, eine schwer herzustellende Kombination. Wir liefen die Friedrichstraße lang, auf der sich ein Restaurant ans andere reiht, Imbisse, indisch-vietnamesische Fusion, Kebapbuden und Trattorien, mein Vater konnte sich nicht entscheiden, das eine war ihm zu voll, das andere zu leer, das dritte zu authentisch, das vierte zu angesagt, schließlich landeten wir im »Keyser«.

Das »Keyser« ist eine Bar in der Tucholskystraße. Keine besondere, das Besondere könnte möglicherweise sein, dass es sie seit zwanzig Jahren gibt und sich in diesen Jahren nichts verändert hat. L-förmiger Raum mit Holztresen, mehrere Sitzgruppen an tiefen Fenstern, stabil abgenutzte Tische, schön vielleicht der Blick auf die Straße, das unsanierte Haus auf der anderen Straßenseite, die glitzrige Lichterkette über der Tür im Erdgeschoss, die zu einem Club führt, in dem ich oft gewesen war. Es gab eine kleine Karte, einfachen Wein und die szenetypische, auf den ersten Eindruck farblose, auf den zweiten plötzlich unangenehm attraktive Kellnerin. Wir setzen uns in eine Ecke ans Fenster, bestellten Rotwein, mein Vater blätterte in der Speisekarte herum. Ich hatte vor zwanzig Jahren einige Abende im »Keyser« verbracht und unzählige in dem Haus auf der anderen Straßenseite, im Club, im Hof und auf dem Dach mit Blick auf die Kuppel der Synagoge, in diesem Haus hatten Leute aus Adas Wahlfamilie gelebt, soweit ich wusste, lebten sie da immer noch. Ich sah zu den Fenstern hoch und fühlte mich von etwas Diffusem erlöst, während mein Vater sich durch die Karte arbeitete und schließlich freudlos Gemüse und Hühnchen wählte, eine für diese Tageszeit und für meine Begriffe schwere Mahlzeit.

Und was nimmst du?

Brot mit Oliven.

Mein Vater warf mir einen Blick zu, als verberge sich hinter dieser Wahl eine Botschaft an ihn, die mir versehentlich entwischt wäre und die er aber sehr wohl wahrgenommen hätte, eine Provokation, die ich kannte und der ich keine Beachtung schenkte, ich war alt genug, nicht mehr darauf einzugehen. Ich konnte das so stehenlassen. Wir bekamen den Wein und eine Flasche

Wasser, wir stießen miteinander an und redeten ein wenig über das Stück, die Schauspieler, Arthur Miller, die Eitelkeiten der Inszenierung, die unveränderte Kneipe und das Haus auf der anderen Seite der Straße, das Gespräch war anfangs holprig, dann wurde es besser. Als das Essen kam, war es meinem Vater erwartungsgemäß zu üppig, und er tat was vom Hühnchen auf meinen Teller, und ich tat es wieder zurück auf seinen, ohne dass er das bemerkt hätte, er aß dann auch alles auf. Wir bestellten mehr Wein, und er erzählte von den Geburtstagen seiner Kindheit. Berlin-Zehlendorf, Waldhüterpfad 13, sein Vater war selbstverständlich abwesend gewesen, seine Mutter erst am Abend von der Arbeit zurückgekommen; wenn es Nacht geworden war, hatten sie sich vors Haus auf die Treppenstufen gesetzt und auf das Feuerwerk der Alliierten gewartet. 4. Juli. Mein Vater sagte, er habe lange geglaubt, dieses Feuerwerk sei für ihn. Nur für ihn und ein Geschenk seiner Mutter, das einzige übrigens. Er sei vielleicht sieben gewesen, als er begriffen habe, dass dieses Feuerwerk mit ihm nicht das Geringste zu tun hatte.

Er sagte, ja. So war das. So ist es gewesen.

Er sah zwischendurch immer wieder auf die Uhr, und als es auf Mitternacht zuging, wurde er unruhig und fing an, in seiner brüchigen Ledertasche herumzukramen. Es saßen noch zwei Gäste am Tresen, der Barmann spülte die letzten Gläser, dimmte die Lichter, drehte die Musik sehr leise, die Kellnerin räumte die Stühle und Tische auf der Straße zusammen. Mein Vater sagte, Altwerden ist etwas Heldenhaftes. Ich meine nicht dein Altwerden, sondern meins, das sich zwangsläufig mit deinem verbindet. Altwerden ist was für Helden.

Ich sagte, empfindest du das so.

Ja, sagte mein Vater, ich empfinde das so, und du wirst es, solltest du alt werden, auch so empfinden, du wirst an mich denken. Es ist grauenhaft. Es ist eine absolute und bodenlose Zumutung.

Er beugte sich wieder über seine Tasche, und ich begriff, dass er um Mitternacht nicht einfach mit mir auf meinen Geburtstag anstoßen, sondern dass er einen kleinen Geburtstagstisch vorbereiten würde. Ich sah die beiden Leute am Tresen, den Barmann an, keiner sah zu uns rüber. Mein Vater holte einen zerdrückten Zwergennapfkuchen und eine Untertasse aus der Tasche, wickelte den Kuchen umständlich aus der Plastikfolie und setzte ihn sorgfältig auf der Untertasse ab. Ich empfand die Situation momentlang als unerträglich. Quälend und peinlich. Ich schämte mich. Und dann war das vorbei, die Scham schwächte ab, verblasste, dann war sie plötzlich weg. Ich lehnte mich zurück und sah zu, wie er eine Kerze auspackte und sie in den Kuchen drückte, ein in Zeitungspapier eingehülltes Schnapsglas auswickelte und ein zerknicktes zierliches Sträußchen reinstellte, das, soweit ich das erkennen konnte, aus Blumen arrangiert war, die auf dem Balkon meiner Eltern wuchsen.

Hornveilchen.

Vergissmeinnicht.

Gras.

Seine Hände zitterten. Er legte den Kopf schief und sah sich alles an, er schob den Kuchen ein Stück vor und wieder zurück, ich konnte sehen, dass diese Verrichtungen ihn glücklich machten, und ich dachte, dass mein Vater im »Keyser« möglicherweise einen finalen Geburtstagstisch für mich deckte, dass er mir vielleicht nie wieder zum Geburtstag gratulieren würde.

Ich dachte, wir wissen das nicht.

Wir wissen es nicht.

Er legte ein eingepacktes Buch neben den Kuchen und zündete die Kerze an. Es war Mitternacht, und er hob sein Glas, und ich hob meines.

Später gingen wir durch die vollständig ausgestorbene nächtliche Mitte der Stadt zum Bahnhof Friedrichstraße. Angetrunken, friedlich, vielleicht ist unser Vater-Tochter-Verhältnis, unsere mein Leben lang währende Verbindung an diesem Abend am friedlichsten gewesen. Mein Geburtstag hatte gerade begonnen, es wird mich erleichtert und beruhigt haben, die Begegnung mit meinem Vater schon hinter mich gebracht zu haben, und wie auch immer: Wir gingen einträchtig durch das alte Scheunenviertel und blieben immer wieder stehen, um im Straßenlaternenlicht die Namen auf den goldenen Stolpersteinen zu entziffern, sie uns vorzulesen:

Efraim Adlerfliegel.

Perla Eisig Schächter.

Moschek Fraidenberg.

Kurt Feuerring.

Wir setzten ihre Geburtstage und Sterbetage zueinander, errechneten ihr Lebensalter, sprachen die Orte aus, an denen sie geboren, die Lager, in denen sie umgebracht worden waren. Es kann sein, dass wir in diesem Sprechen der Namen und Jahrestage unsere eigene Geschichte losließen, ihr abhandenkommen und Teil eines größeren Ganzen werden durften. Selbstvergessene, schuldhafte Zeugen, und wir waren auf der Ackerstraße, der Kleinen und der Großen Hamburger, der Tucholskystraße für uns allein und miteinander und aufgehoben zugleich. Und dann auf dem Bahnhof Friedrichstraße, und ich ließ meinen Vater zuerst fahren – er stand im Waggon, lächelte halb, die Türen schlossen sich, und die Bahn fuhr ihn weg, und ich wartete lange auf meine S-Bahn in die andere Richtung, in den Nordosten der Stadt, und fuhr nach Hause, um meinen Geburtstag mit meiner Wahlfamilie zu begehen.

Ja.

Szenen dieser Art.

In seinem Atelier in der Provinz erzählt Jon mir von einem Traum, den er als Kind geträumt hat. Er habe geträumt, ein Pferd sehe durch das Fenster seines Zimmers – an und für sich kein Ding, sagt Jon, aber er habe im Traum in Zeitlupe versucht, den Gedanken zu fassen, dass das Fenster seines Kinderzimmers im dritten Stock gelegen sei und es also nicht sein könne, dass ein Pferd hineinsehe, und wenn doch ein Pferd durchs Fenster sehe, müsse das bedeuten, dass dieses Pferd anormal groß sei, und wenn es anormal groß sei, heiße das, dass die Welt aus den Fugen, dass sie verrückt geworden sei.

Und ich, sagt Jon, mit ihr.

Mein Vater träumt immer wieder von einer Löwin, die in sein Schlafzimmer kommt. In das kleine Zimmer der kleinen Wohnung in der Kantstraße, eindeutig eine Löwin, und sie legt die weiche, große Pranke auf die Klinke der Tür, sie öffnet die Tür mit ihrer Löwenpranke.

Ich träume, dass ich auf einem Fahrrad sitze, auf dessen Lenkstange ein winziger, lebender Vogel festgebunden ist, ein flauschiger Zaunkönig, ein Wintervögelchen. Die Stadt im Licht der Fahrradlampe. Asphalt. Das Vögelchen deutlich gequält.

Im Januar 2020, bevor die Pandemie die Struktur von Zeit und Erinnerung ein für alle Mal verändern wird, fahre ich für den Abschluss des sechsten Buches in die Bretagne zu meinem Lektor Jörg Bong, ich bleibe eine Woche lang; anders, als während der Lektorate zuvor, als ich erst nach der Arbeit krank geworden bin, werde ich dieses Mal vorher krank. Extreme Migräne, Übelkeit, Fieber, eine absolute Schwäche, ich liege im Gästezimmerbett, und ich denke, ich muss möglicherweise sterben. Was das wohl ist – Trennungsschmerz, Ablösung, Ausdruck von Angst und Verfehlen. Nochmalvonvorne, etwas teilt sich, setzt sich neu zusammen. Ich bin drei Tage lang krank. Dann taste ich mich aus dem Bett, aus dem Zimmer, wir fangen vorsichtig an zu arbeiten, ich trinke Tee, ich esse einen Apfel. Wir schaffen das Intro. Einen Spaziergang am Nachmittag. Am Abend fahren wir in die Stadt und gehen ins Restaurant, ich kann ein Stück Weißkäse essen und eine Walnuss. Ich darf langsam sein, Jörg ist geduldig; wir schließen das Buch Ende Januar ab, ein hier eigenartiger Ausdruck, das Buch heißt zu diesem Zeitpunkt noch »Falle I«. Wir reisen im Morgengrauen ab. Jörg bringt mich zum Bahnhof in Rennes, und ich fahre mit dem Zug bis Paris, wechsle von Montparnasse nach Gare du Nord, die Verkehrsbetriebe streiken, ich möchte kein Taxi nehmen und stehe zwei Stunden im Stau in einem Ersatzbus, der so voll ist, wie ich es noch nie erlebt habe. Ich werde zwischen zwei Frauen gedrängt, wir stehen eng aneinander, es ist nicht möglich, Abstand zu wahren, und nach einer Weile sehen wir das auch ein, geben nach, wir geben uns hin. Ich lege mein Kinn, dann meine Wange auf die Schulter der Frau vor mir, die Frau hinter mir lässt sich schwer und warm gegen meinen Rücken fallen, es hat etwas von einer Performance, es ist Kapitulation. Grenzerfahrung, im Rückblick auf das dann Kommende beinah schmerzhaft schön.

Im Februar taucht das Virus in Deutschland auf, und mein Kind sagt, wenn es nach Berlin kommt, gehe ich aufs Land; es sitzt auf dem knisternden Korbstuhl am Tisch in der Küche seines Vaters, als es das sagt, und draußen fällt Schnee. Lockdown im März. Keiner geht aufs Land. Mein Kind steigt mit seiner Freundin und seinem besten Freund auf den Dachboden, stellt Tisch und Stühle in der Waschküche auf, sie holen alte Armeemäntel aus Kisten raus, sitzen unter der Dachluke und zünden Kerzen in Weinflaschen an, später sagen sie, sie würden diese Abende nie vergessen; das Bild der Kinder auf dem Dachboden hat eine Poesie, die fragwürdig ist und mich verwirrt und beschämt. Es gibt Tage, an denen ich mit einer Flasche Desinfektionsmittel durch das Treppenhaus gehe und Klinken, Geländer, Lichtschalter und die Klingelanlage abwische. Draußen der langsam abnehmende, dann zum Erliegen kommende Verkehr, und der Vater meines Kindes und ich sitzen zum ersten Mal auf dem Balkon, der sonst immer zu laut und zu staubig gewesen ist, wir trinken Bier und sehen zu, wie der Mond über die Dächer der Psychiatrie auf der anderen Straßenseite steigt. Es ist so still, dass wir die Nachtigallen in den Bäumen singen hören. Der Landkreis im Norden, in dem mein Haus steht, schließt die Grenzen. Jon schreibt eine Nachricht – *die Rehe schlafen im Garten, Hasen kommen ins Haus.*

Frühlingsanfang.

Ich treffe meine Eltern auf dem Sophienstädtischen Friedhof, ich habe ein Klappstühlchen dabei und Tee in der Thermoskanne. Wir sitzen mit Abstand im Dreieck in der kalten Maisonne, sie nebeneinander auf einer Bank, ich ihnen gegenüber auf meinem Stühlchen. Der Treffpunkt auf dem Friedhof ist ein Vorschlag meines

Vaters, die Pandemie ist sein Triumph. Sie bestätigt, was er immer schon gewusst hat: Leben führt zum Tod, und der Tod ist ein Ersticken. Wir werden mit den Händen ins Leere greifen, niemand wird uns halten. Die Pandemie manifestiert den Abstand zu den anderen, den er immer empfunden hat. Sie begründet sein Alleinsein. Sie stellt es her und stellt es aus. Meine Mutter ist die Geisel meines Vaters. Sie hat sich für diese Begegnung feingemacht, sie trägt eine Kette aus Holzperlen und kindliche, rote Schuhe. Wann immer sie sich unbewusst zu mir hinbeugt, zieht mein Vater sie zurück. Wir umarmen uns nicht, wir küssen uns nicht. Wir spazieren Abstand haltend über den Friedhof bis zum Grab von Max Stirner, der sein Sach auf sich gebaut hat, und ich denke, dass auch mein Vater sein Sach auf sich gebaut hat und dass ich das möglicherweise ebenso mache, ob ich will oder nicht, es hat sich so ergeben.

Dann gehen wir auseinander.

Im Juni sinken die Zahlen, der Landkreis macht die Grenzen wieder auf, ich fahre ans Meer in mein Haus. Ich rupfe das Gras aus den Fugen der Steine, mähe den Rasen, trage die dicken, verschlafenen Spinnen einzeln raus; ich bin so lange nicht hier gewesen. Die Doppelhochzeit meiner Geschwister auf der Insel Wangerooge wird abgesagt. Meine Eltern bleiben in der Stadt, mein Vater geht nicht mehr aus dem Haus. Er gestattet meiner Mutter, zweimal in der Woche und für spezielle Einkäufe die Wohnung zu verlassen, bestellt Lebensmittel im Internet und lagert die Lieferungen 48 Stunden zum Dekontaminieren auf dem Balkon, bevor er sie verräumt. Ich denke manchmal darüber nach, Dr. Dreehüs anzurufen, aber dann besinne ich mich auf mein Instrumentarium, ich meine zu wissen, wie ich es hervorholen, anwenden kann. Ich rufe Dr. Dreehüs nicht an. Das Sommerhaus bleibt leer, nur der alte Onkel geht in seinen drei Zimmern ein und aus, und es gibt Nachmittage, an denen ich mit dem Rad hinfahre, einen Stuhl in den Garten stelle und mich in die Sonne setze. Auf den Platz, an dem wir die Gruppenfotos gemacht haben, die mit den Freunden, die mit der Familie zur Goldenen Hochzeit. Ich sitze lange so da und versuche zu begreifen, dass das eine wie auch das andere vorüber ist, und dann stelle ich den Stuhl wieder in den Schuppen und fahre in mein Haus zurück.

Im September, als der Sommer vorbei ist und die pandemische Herbstwelle sich ankündigt, reise ich noch einmal nach Berlin, es wird für einige Zeit das letzte Mal gewesen sein, was ich nicht weiß. Vermutlich ist es gut, dass ich das nicht weiß. Meine Geschwister sind zwei Wochen zuvor zusammen in Berlin gewesen, sie haben in meiner Wohnung gewohnt und reisen zur Kontaktverminderung ab, bevor ich ankomme. Meine Mutter hat mir ein Foto geschickt, auf dem sie zwischen Olivenbäumchen und Oleander auf dem Balkon meiner Eltern sitzen. Ich habe meine Geschwister lange nicht gesehen, sie sehen gut aus auf diesem Foto, aber ihrer beider Lächeln ist entweder schwermütig oder es ist schuldbewusst. Meine Schwester hat die Hände im Schoß übereinandergelegt, mein Bruder sitzt neben ihr, leicht zur Kamera gebeugt, vor ihnen, auf dem Tisch mit der blauen Tischdecke, steht eine Schale leuchtend roter Kirschen.

Ich frage meine Mutter am Telefon, wann dieses Foto entstanden sei.

Meine Mutter räuspert sich. Dann sagt sie, oh, das war letzte Woche, bevor deine Geschwister zurück nach Frankreich und in die Schweiz gefahren sind.

Einen Augenblick lang verstehe ich diese Antwort überhaupt nicht. Unbegreiflich.

Meine Geschwister ohne Maske auf dem Balkon meiner Eltern, in der Wohnung meiner Eltern, die seit Beginn der Pandemie niemand mehr betreten darf, wie kann das sein?

Meine Mutter erklärt das, hörbar verlegen. Herrje. Es hat sich so ergeben. Sie waren in der Gegend, sie hatten spazieren gehen wollen, dann kamen sie stattdessen einfach vorbei, standen mit Maske vor der Tür, haben die Maske in der Wohnung getragen, sie nur auf dem Balkon abgesetzt. Um eine Kirsche zu essen. Ob man auf zwei Bänken zusammen im Park sitzt oder mit Abstand auf dem Balkon, ist ja dann auch egal. Sie sind auch nicht lange geblieben. Vielleicht eine halbe Stunde. Wenn überhaupt.

Meine Mutter sagt, du kannst uns jetzt auch besuchen. Du kannst auch auf dem Balkon sitzen. Die Zahlen lassen das zu.

Ich sage, wer behauptet das. Wer behauptet, die Zahlen ließen das zu. Behauptet Papa das. Kann ich mir nicht vorstellen.

Meine Mutter sagt, das behaupte ausnahmsweise mal ich.

Ich fahre in die Kantstraße, ich setze die Maske auf, bevor ich klopfe. Meine Mutter öffnet die Tür. Ich habe Blumen mitgebracht, Löwenmäulchen, Disteln, Kamille. Wir stehen so da, wir wissen gar nicht mehr, wie das geht: ein Besuch, wir haben die Regeln eines Besuches innerhalb eines halben Jahres vergessen. Dann tritt meine Mutter auf mich zu, ich strecke den Strauß von mir weg, sie nimmt ihn mir ab, sie lächelt. Wir sagen beide nichts. Sie deutet auf die angelehnte Tür des Schlafzimmers, in dem mein Vater an seinem Computer sitzt und Schach spielt, seit sechs Monaten spielt er ununterbrochen Schach, meist mit Gegnern aus Korea, Singapur oder Indien, dann winkt sie mich weiter, und ich gehe an ihr vorbei durch den kurzen Flur, durch das Wohnzimmer auf den Balkon. Schwindelerregend. Keine Zeit, mich umzusehen, den Raum wahrzunehmen, in dem meine Eltern sich seit Monaten zusammen eingesperrt haben. Eindruck eines Pfades, ein Trail, der am Tisch vorbei zur Balkontür und auf den Balkon raus führt, spürbar, dass meine Eltern bestimmte Wege in der Wohnung noch häufiger gehen als ohnehin schon. Ich bin sicher, dass die Dielen abgewetzt sind. Ich kann nicht hinsehen. Ich schwimme durch dieses Zimmer, erreiche den Balkon wie ein Ufer, ich lasse mich auf die kleine Bank in der hintersten rechten Ecke fallen, auf der auch meine Geschwister gesessen haben, ich nehme endlich die Maske ab.

Auf dem Tisch die blaue Decke, eine einzelne Tasse, keine Untertasse, kein Kaffeelöffel. Ich hatte darüber nachgedacht, Kuchen mitzubringen, das verworfen, überzeugt davon, dass meine Mutter zur Feier meines Besuches Kuchen gebacken haben würde; seit Beginn der Pandemie backt sie zumindest unentwegt Brot. Offenbar hat sie keinen Kuchen gebacken. Offenbar hat sie auch keine Kirschen mehr auftreiben können. Meine Mutter holt meinen Vater auf den Balkon, sie stehen beide auf der Schwelle der Balkontür und staunen mich an. Dann setzen sie sich mir gegenüber in die hinterste linke Ecke, meinem Vater ist die Freude über mein Kommen so deutlich anzumerken, dass es mir weh tut. Meine Mutter hat ihm die Haare geschnitten, er sieht aus wie ein altes Kind. Sie hat mir erzählt, dass er jeden Morgen im Internet die Zahlen prüft und enttäuscht ist, wenn sie nicht steigen, sich nicht verdoppeln, verdreifachen, verzehnfachen.

Mein Vater möchte, dass die ganze Welt erstickt.

Ich sage, es gibt wahrscheinlich kein Stückchen Kuchen, oder. Oder möglicherweise einen Keks. Einfach nur einen trockenen Keks.

Meine Mutter erbleicht, ihre Hände fahren hoch. Sie sieht meinen Vater an, mein Vater sagt, es gibt leider keinen Kuchen, er sagt das fragend, er gibt vor, nicht zu verstehen, warum ich mich nach Kuchen erkundige.

Er sagt, ich fürchte, es gibt auch keinen Keks. Aber es gibt Kaffee. Wir haben Kaffee gekocht.

Er steht wieder auf und geht vom Balkon, meine Mutter sagt, es tut mir leid. Oh, das tut mir so leid. Wir haben überhaupt nicht an Kuchen gedacht, ihre Stimme klingt absolut entsetzt.

Ich würde die Frage nach dem Kuchen gerne zurücknehmen, mir wird klar, dass meine Eltern komplett überfordert sind, ein Kuchen gehört in eine ganz andere, in eine untergegangene Welt. Aber es ist zu spät.

Es ist zu spät.

Mein Vater kommt mit der Kaffeekanne zurück, er gießt mit meiner Ansicht nach absichtlich unsicherer Hand Kaffee in die Tasse, die ich ihm ans Tischende gestellt habe und nach einer von irgendwas abgemessenen Zeit zu mir zurückziehe. Meine Eltern trinken nichts. Sie haben vielleicht schon Kaffee getrunken. Ich bitte nicht um Milch und nicht um Zucker. Sie sehen mich unverwandt an.

Wie geht es dir, sagt mein Vater.

Gut, sage ich.

Diese von meiner Mutter sorgsam und liebevoll gehegten Pflanzen, die auf dem lichtlosen Balkon meiner Eltern wachsen, eigentlich an meinen Eltern vorbei, um sie herum oder über sie hinweg. Olive und Oleander, Hortensie mit riesigen Blättern ohne eine einzige Blüte, Zitronenbäumchen ohne Zitronen, dominante Fette Henne,

Basilikum und Lavendel, Melisse, Sonnenblumen auf schwankenden Stielen, mit Paketschnur an Holzstäbchen festgebunden. Auf diesem Balkon, zwischen diesen Pflanzen, haben meine Eltern den ganzen Sommer verbracht.

Es ist ergreifend.

So, sagt mein Vater, was machen wir mit der Hochzeit deiner Geschwister.

Meine Geschwister haben die im Mai geplante Wangerooger Doppelhochzeit auf den November und nach Frankreich verlegt. Sie planen noch immer ein Fest, haben aber nur noch die Hälfte der Leute eingeladen, immerhin vierzig. Meine Eltern zerbrechen sich seit Wochen den Kopf darüber, ob sie zu dieser Hochzeit reisen sollen, oder nicht. Wie sie reisen sollen. Wenn überhaupt. Mit dem Zug in der 1. Klasse. Mit mir zusammen in einem gemieteten Van auf den hintersten Plätzen sitzend, und ich fahre sie durch Europa, wir tragen die ganze Zeit Masken. Mit dem Flugzeug. Oder besser einfach gar nicht. In optimistischen Momenten, nach 21 Uhr und dem zweiten Glas Wein, sagt mein Vater, eine Hochzeit, zudem eine Zwillingshochzeit, gebe es nur einmal im Leben, natürlich nehme er an dieser Hochzeit teil. Meine Mutter sagt, sie fahre hin, wie auch immer, egal, sie fahre in jedem Fall, Covid hin oder her. Aber dann schwanken sie wieder. Sie ziehen sich zurück, sie sagen, sie müssen das abwägen.

Ich sage, wenn ihr fahren wollt, fahre ich euch.

Mein Vater sagt, warum muss diese Hochzeit eigentlich gerade jetzt stattfinden. Im November. In diesem grauenhaften Jahr, wie kommen deine Geschwister darauf, in genau diesem Jahr heiraten zu wollen.

Ich sage, sie haben die Wahrsagerin gefragt, und die Wahrsagerin hat den Tag festgelegt.

Meine Mutter zieht die Schultern hoch, aber sie ist viel zu langsam, ich habe das Wort Wahrsagerin gesagt, ich kann es nicht mehr zurücknehmen. Letztlich weiß ich, dass das in die Katastrophe führen wird. Ich habe es mit Absicht gesagt. Ich bestrafe meine Eltern für den vergessenen Kuchen, die fehlenden Kirschen.

Was für eine Wahrsagerin.

Mein Vater sieht meine Mutter an, er beugt sich zu ihr für den Fall, dass sie ihn vielleicht nicht verstanden haben könnte.

Was für eine Wahrsagerin.

Meine Mutter sagt, sie habe keine Ahnung.

Natürlich hat sie eine Ahnung. Sie weiß genau, dass meine Geschwister zu den großen Lebensentscheidungen eine Wahrsagerin befragen und die Antworten dieser Wahrsagerin für bare Münze nehmen.

Mein Vater sieht mich an, er sagt, wovon redest du also.

Ich sage, ich rede nicht von etwas, ich beantworte deine Frage. Du hast mich gefragt, warum die Hochzeit im November dieses grauenhaften Jahres stattfinden soll, ich habe deine Frage beantwortet. Die Hochzeit wird nur noch im November möglich sein.

Er sagt, du willst mir sagen, deine Geschwister lassen sich ihr Leben von einer Wahrsagerin bestimmen. In diesem Falle unser aller Leben. Von einer Wahrsagerin diktieren.

Ich sage, so ist es. Sie lassen es sich von Mona Astra diktieren.

Mein Vater sieht zurück zu meiner Mutter, meine Mutter wendet sich ab. Sein Ausdruck ist jetzt, ich kann es nicht anders nennen, deutlich hasserfüllt. Mir gegenüber hasserfüllt. Wir sagen alle drei eine Weile lang nichts.

Dann sagt er, weißt du, was du mir da mitteilst. Was du mir damit antust, mich das wissen zu lassen. Du könntest auch sagen, deine Schwester geht auf den Strich. Dein Bruder führt diese NeueNaziPartei an. Ich wüsste nicht, was schlimmer für mich wäre. Ich wüsste es nicht. Eine Wahrsagerin. Gott im Himmel. Eine Wahrsagerin, die eine Hochzeit in Frankreich im Winter einer Pandemie vorschlägt.

Ich nehme die Tasse hoch, trinke einen Schluck Kaffee und stelle die Tasse wieder ab. Ich spüre meinen Herzschlag, eigentlich würde ich gerne weinen.

Ich sage, es gibt Leute, die sich mit Wahrsagern durchs Leben helfen, und andere, die Zahlen addieren und sich von Gauss und Kepler trösten lassen.

Mein Vater sagt, ich lasse mich von dir nicht über Kepler belehren.

Ich sage, ich habe dich nicht über Kepler belehrt.

Vergeblich. Er steht auf und geht vom Balkon, er knallt die Balkontür hinter sich zu.

Meine Mutter und ich sitzen noch ein wenig zusammen. Es gibt eigentlich nichts mehr zu sagen. Es gibt hier nichts mehr zu sagen. Wir hören den anfahrenden, abfahrenden Zügen zu, deren Dreiklangsignale vom Bahnhof Savignyplatz zu uns herüberklingen, wir schweigen. Ich habe einen schönen Sommer gehabt, vielleicht ist es für meine Mutter genug, das zu wissen, mir das anzusehen.

Sie sagt, das war's dann wohl. Das war's dann wohl mit der Frankreichreise.

Sie klingt beinah erleichtert.

Ich sage, ja, vermutlich war's das. Vermutlich ist das jetzt ein guter Grund.

Sie sagt, es tut mir leid, dass dein Vater ist, wie er ist.

Ich sage, das muss dir nicht leidtun. Nicht mehr leidtun.

Meine Mutter drückt vorsichtig die Balkontür auf, wir lauschen beide in die Wohnung hinein, aber die Wohnung ist still. Mein Vater hat sich ins Schlafzimmer zurückgezogen. Er wird nicht mehr zum Vorschein kommen. Er bestraft uns alle drei.

Ich sage, ihr müsst trotzdem zuversichtlich sein.

Meine Mutter sagt, das sind wir.

Ich setze die Maske wieder auf und gehe durch das schattige, kühle Wohnzimmer, ich kann aus den Augenwinkeln die Blumen sehen, die meine Mutter neu arrangiert und auf den Tisch gestellt hat, die Disteln, das Leuchten der Kamille, von Sträußen versteht sie mehr als jeder andere. Ich gehe durch den Flur, an der Tür bleibe ich stehen und berühre meine Mutter kurz am Ellbogen. Unten im Hof drehe ich mich um und sehe zum Küchenfenster hoch, und da steht sie und winkt.

So wie immer.

Draußen auf der Straße ist es unwirklich warm, es riecht nach Asphaltsommer, nach dem aromatisierten Rauch aus den Shisha-Bars, die Leute sitzen vor den Restaurants eng beieinander, Familien und Paare, sie trinken Weißwein, ihre Stimmen sind heiter und gelassen, befriedigt von der spätsommerlichen Wärme, der einsetzenden Dämmerung, die Sonne sinkt hinter die hohen Häuser. Meine Geschwister heiraten zwei Monate später ohne einen Gast, getraut von einem Priester mit Maske, sie werden ihre Masken für den Hochzeitskuss abnehmen dürfen, einen Tag später geht ganz Frankreich in den harten Lockdown. Mona Astra hat, auf ihre Weise, recht gehabt.

Schreib das auf.

Diese Bemerkung meines Vaters – schreib das einfach auf.

Er meint »Erzähl das« – weil es lustig, besonders, verrückt oder einzigartig, weil es eine Geschichte ist, die im übertragenen Sinn von etwas Anderem, Größerem erzählt. Aber hier findet für mich etwas Akutes statt, etwas explizit Persönliches – ich kann nichts erzählen, ich muss mich erst mal in Sicherheit bringen, ich muss mich erst mal wehren. Ich frage mich, wann ich unter diesen Umständen jemals wieder Lust haben werde, eine Kurzgeschichte zu schreiben. Ob ich unter diesen Umständen überhaupt jemals wieder an eine Geschichte denken will. Ich habe die Situation auf dem Balkon meiner Eltern hier aufgeschrieben, aber die Pandemie ist zu nah dran, sie erhellt sie zu drastisch, sie hat etwas Ernüchterndes. *Nicht magisch.* So ist das jetzt – mitten darin. Vielleicht werde ich anders empfinden, wenn wir die Pandemie überstanden und überlebt haben, wenn sie vorbei ist und sich also verpuppt und in der Erinnerung verändert, wenn ich sie in der Erinnerung verändern darf. Um die Geschichte über den Besuch auf dem Balkon meiner Eltern zu schreiben – und es ist eine Geschichte, ich weiß es –, muss die Pandemie, muss die Geschichte zwischen mir und meinen Eltern zu einem Ende gekommen sein.

In diesem ersten langen unwirklichen Covid-Winter 2020, angewiesen auf mich selber und auf eine halbwegs funktionierende Kommunikation mit Jon und zunehmend ernst und angestrengt vom Alleinsein, habe ich manchmal eine plötzliche Sehnsucht nach Ada. Jon besucht mich. Es ist Sonntag. Die Nachrichten warnen seit Tagen vor Schneesturm, Kälte und katastrophalem Wintereinbruch, der Schnee bleibt aus, es stürmt, das ist alles, und mich enttäuscht das. Jon ist erleichtert, er mag es nicht, wenn das Wetter seine Wege bestimmt. Ich denke, dass Jon von Wetter nicht die geringste Ahnung hat. Wir sitzen am Fenster und sehen in den Sturm raus, den von Böen übers Feld geschleuderten Krähen zu, die Krähen geben sich hin, sie feuern über den schwarzen Acker. Wir trinken Tee. Jon hat die Kerzen auf dem Tisch angezündet, während ich in der Küche den Tee gekocht habe, dieses Anzünden kommt mir ausgesprochen persönlich vor, fast intim. Er hat Enquists »Der gestürzte Engel« wieder mitgebracht, er sagt, er habe keinen Bezug zu uns herstellen können, was eigenartig ist, weil ich es ihm nicht aus Gründen eines möglichen Bezuges gegeben hatte, ich hatte nur einen Satz daraus zitiert – *einfacher als das ist es nicht, aber wer hat gesagt, dass es einfach sein soll* –, und Jon war an diesem Satz interessiert gewesen, das war alles. Ich hatte das Buch, das ich vor dreißig Jahren sehr geliebt hatte, noch einmal gelesen, bevor ich es Jon ausgeliehen hatte; anders als damals gab es jetzt das Internet, hatte ich im Internet nach Pinon gesucht. Meine Vorstellung von Marias und Pinons Gesicht durch eine Abbildung im Internet ersetzt, ein Vorgang, der mir bedeutsam vorgekommen war und der der Geschichte ihr Geheimnis letztlich entrissen hatte. *Hauche mein Gesicht in Eis.* Pasqual Pinon wurde 1889 in Mexico geboren, er trat als Schausteller auf Jahrmärkten in Texas auf, er hatte einen Auswuchs auf der Stirn, der zu einem Frauengesicht geschminkt worden war. Ja. Jon sagt, er habe keinen Bezug herstellen können, aber er habe das Buch dennoch gerne gelesen. Er fragt mich, was ich gerade lese, ich sage »Schneeland« von Kawabata, was nicht stimmt. Der Sturm nimmt zu, das Licht ab. Jon ist weiterhin am Aufmachen dran, er möchte seine Geschichte, er möchte was über sein kompliziertes Verhältnis zu Frauen erzählen. Er will damit begründen, warum er dieses tut und jenes lässt, er will Zusammenhänge herstellen. Natürlich kommt er damit nicht weit. Er verliert sich in Andeutungen, dann übergibt er an mich, ich soll meine Geschichte, ich soll was über mein kompliziertes Verhältnis zu Männern erzählen.

Ich lehne das ab. Ich sage, ich habe überhaupt kein kompliziertes Verhältnis zu Männern.

Er sagt, doch, das hast du. Und du schreibst darüber. Du schreibst das doch auf.

Ich sage verblüfft, nein, ich schreibe das nicht auf. Ich schreibe das eben gerade nicht auf, ich habe meine sogenannten Männergeschichten noch nie aufgeschrieben.

Er sagt, aha.

Ich habe den Eindruck, wir reden total präzise aneinander vorbei. Ihm kommt das auch so vor, er steht auf und tigert durchs Zimmer, und es ist dieser Moment, in dem ich eine plötzliche und glasklare Sehnsucht nach Ada habe. Nach ihrem Gesicht und ihrer Haltung, ihrer genauen und zugleich nachlässigen Weise, einen Tisch zu decken, ich habe eine umwerfende Sehnsucht nach dem Anblick ihres Hemdkragens über einem Pullover aus grober brauner Wolle, diese Art, ein Hemd unter dem Pullover zu tragen, ordentlich und zugleich mit einer Andeutung von möglicher Entgrenzung, von totalem Exzess. Das Gespräch mit Jon hat etwas Erschöpfendes. Mein Alter hat etwas Erschöpfendes. Ich habe Sehnsucht nach Ada, weil ich Sehnsucht nach bestimmten Jahren habe, nach einem Früher, etwas Ungefährem. Adventssonntage, und wir trafen uns in Adas Wohnung, der Wohnung, in die sie nach ihrer Trennung gezogen war, die Kinder noch klein, Adas Sohn ganz klein, und mein Kind ein kleiner Junge, und Adas Tochter ein schönes Mädchen, und wir saßen mit den Kindern um den Tisch herum, hörten das Weihnachtsoratorium und beklebten Kerzen mit Motiven, die wir aus Wachsscheiben herausschnitten. Die Kerzen der Kinder waren mit Sternen und Herzen verziert, die der Erwachsenen komplexer, geometrische Gebilde, Worte und Symbole, ins Basteln am versunkensten von allen war Marco.

Der Schweber.

Er hatte ein Projekt, das er »Der Schweber« nannte, Perpetuum Mobile, das Ei, das sich in einer Kugel dreht und um die Welt schwebt, angetrieben von einer unendlichen Energie. Es war ein unverständliches und sicher sinnloses Projekt, vollkommen unwissenschaftlich, ein poetisches Bild, eine Idee. Er schnitt die Konstruktion des Schwebers aus den Wachsplatten raus, er beklebte seine Kerze mit goldenen und silbernen ineinandergreifenden Ringen, und die Kinder sahen ihm andächtig und mit angehaltenem Atem dabei zu, als dächten sie, er würde aufhören und gehen, sprächen sie ihn an. Wenn es Abend geworden war, tranken wir Wein, und Ada hatte eine Gans in den Ofen geschoben, naturgemäß nebenbei, das waren die Jahre, in denen wir Gänse brieten, ohne ein Wort darüber zu verlieren, worüber verloren wir überhaupt Worte. Wir führten ganz sicher nicht Gespräche wie dieses zwischen Jon und mir zwanzig Jahre später. Unser Zusammensein hatte, ich möchte es so sagen, etwas Tierhaftes, und trotzdem war es konventionell, konservativ – es war alles darin, was wir kannten, was man uns beigebracht hatte: die Rituale eines Adventssonntages. Kerzen, Marzipan und Mandarinen, der üppige Strauß Amaryllis und Ilex, Fichtennadeln auf dem Parkett und die Musik, das gemeinsame Essen, gemeinsame Basteln mit den Kindern; uns waren Dinge beigebracht worden, und wir setzten sie um, und auch, wenn etwas daran Staffage und Täuschung blieb, war es doch Ada, die das möglich machte, die darauf bestand, uns Struktur und Zusammenhang zu geben.

Und an all das denke ich, während Jon hinter mir im Zimmer auf und ab geht, und deshalb habe ich diese beinah schon bestürzend heftige Sehnsucht nach Ada: weil die Zusammenhänge mir entgleiten, weil außer mir niemand mehr da ist, der sie herstellt und hält.

Das Schreiben entfernt sich mit dem Älterwerden von einem sicher geglaubten Zentrum, einer selbstverständlichen Gelassenheit. Es entfernt sich von der Gedankenlosigkeit. Es wird schärfer, zugleich weniger. Möglicherweise klingt es aus. Oder kehrt zu diesem Zentrum zurück und versucht es anders, versucht es noch einmal von vorne.

So umständlich das Sprechen mit Jon ist, so notwendig ist es sicher auch, und im Rückblick kommen mir die Jahre mit Ada und den anderen wie eine zweite Kindheit vor, eine lange letzte Volte, ein Ausweichen vor dem Erwachsenenleben, dem Ernst der Lage und des Ganzen. Alles, was Ada tat, ergab ein Bild. Das Krickelkrakel ihres Kindes an der Küchenwand, der Tand auf dem Fensterbrett, im Frühjahr die verblühten Forsythienzweige in der Vase auf dem Tisch vor der offenen Balkontür, an der Ada lehnte und rauchte, den Arm unter der Brust um die Taille gelegt, den linken Ellbogen auf dem rechten Handgelenk abgestützt; wir waren so versiert darin, einander auf Abstand zu halten. Und wenn ich Jon und mir zuhöre, unseren unvollständigen Bemerkungen, Andeutungen, bin ich gar nicht sicher, welche Haltung richtiger ist. Weder die eine noch die andere? Am Ende, scheint es, läuft alles auf das Gleiche hinaus, du bist, noch einmal Turgenjew, allein wie ein Finger.

Wie allein ist ein Finger.

Als es draußen gänzlich Abend geworden ist, geht Jon los. Er fragt mich nicht nach der Arbeit an diesem Text, er traut sich nicht. Aber er möchte noch einmal eine Collage zusammen versuchen, so wie damals, als wir miteinander in den Provinzen unterwegs gewesen sind und ich ihm mein Geheimnis verraten habe und er, wissentlich oder nicht, getan hat, was man mit Geheimnissen tun muss: Er hat es geborgen.

Er geht los, und während er sich die Jacke anzieht – in einer Geschichte wäre das *während* ein wichtiges Detail –, fragt er noch einmal, ob ich mir vorstellen könnte, Text und Zeichnung zueinander zu fügen, miteinander sprechen zu lassen.

Ich sage, ich könne mir das vorstellen.

Ich kann es mir tatsächlich vorstellen. Auch wenn es mich anstrengt, hätte ich doch Lust dazu, und ich denke, vielleicht kommen wir auf diese Weise weiter. Ich schreibe was, und Jon zeichnet, wir tauschen ein Rätsel gegen ein anderes aus und erweitern somit die rätselhaften Gegebenheiten der Welt.

Die Frage ist dann nur, sagt Jon, wer anfängt.

Ich, sage ich, fange auf gar keinen Fall an.

Ich träume.

Ich träume von meiner Mutter, die mir eine Notiz zukommen lässt, in der steht, dass es ihr nicht gutgehe, sie sehe Sternchen, habe Gleichgewichtsstörungen und könne sich nicht wirklich konzentrieren. Sie schreibt, sie habe irgendwo gelesen, dass man sich in einem solchen Zustand einfach an die Wand lehnen solle, und das tue sie, es werde sicher helfen, außerdem komme mein Vater gleich zurück, er komme in den frühen Morgenstunden wieder. Mir ist das im Traum nicht ausreichend – sich an die Wand zu lehnen und auf meinen Vater zu warten –, und ich suche meine Mutter und finde sie in der alten Neuköllner Wohnung im Bett, in eine grobe Decke gewickelt und auf der Seite liegend, auf der sonst eigentlich immer mein Vater gelegen hat. Das Zimmer ist verwahrlost, alle Farben braun, ocker, sepia, meine Mutter ist vielleicht so alt, wie ich es gerade bin. Sie lächelt. Sie sagt, oh, es geht schon wieder, es ist nichts, mach dir keine Sorgen, aber ich erwache wie aus einem Albtraum.

Ich träume, dass ich mich mit meinem Vater in einer heruntergekommenen Hochhaussiedlung am Stadtrand verlaufen habe, wir suchen einen Ausweg und finden eine baufällige Unterführung, die ich meinem Vater beinah nicht zumuten will, er macht den Eindruck, seine gesamte Autorität an mich abgegeben zu haben. An den unteren Treppenstufen tauchen zerlumpte, zwielichtige Gestalten auf, die beiseiterücken und uns durchlassen, offenbar wirkt mein Vater zerbrechlich. Sinnlos, einen so zerbrechlichen Mann anzurempeln. Er hakt sich bei mir ein, schiebt seinen rechten Arm unter meinen linken Ellbogen, wie es in Wirklichkeit meine Großmutter getan hat. Mitten in der Unterführung ist ein großer, gleißend hell erleuchteter Supermarkt, wir stehen an einer Tiefkühltruhe und beobachten eine ausgesprochen fette Frau, die mit den Händen Artischockenherzen in ein aufgeschnittenes Pidebrot hineinschaufelt, dann geht sie zur Kasse, ihr Einkaufswagen wird von einem schwarzen Hund gezogen, der aussieht wie ein Lama. Der Blick meines Vaters auf diese Frau, dann in mein Gesicht, zu mir hin – als würde ich all das aus einem fragwürdigen Hut zaubern, als wolle er sagen: So siehst du also die Welt. Diesen Traum breche ich ab. Ich habe den Eindruck, ich würde ihn abbrechen, er ist mir zu nah.

Mein Vater kommt mir zu nah.

Was, hat Dr. Dreehüs gerne gesagt, wenn ich ihm ausnahmsweise ein schütteres Traumbild präsentierte, was fällt Ihnen dazu ein.

Manchmal etwas gereizt, als wäre die Frage überflüssig, als müsste ich mittlerweile doch kapiert haben, wie der Hase läuft. Was fällt dir zu deinen Träumen ein? Diese gedehnte Schwere, die mich bei dieser Frage befällt, eine Absence. Das verschattete Bewusstsein. Der zwielichtige Weg zu einem ungewissen Ort hin, tatsächlich dem Anfang einer Geschichte ähnlich: Was fällt mir zu diesem einen Satz ein, den einer zum anderen sagt und der mir vorkommt, als bedeute er über das Banale hinaus etwas Ungeheuerliches – wie gelange ich zu diesem Satz, wie komme ich an ihn heran.

Was fällt mir zu diesen beiden Träumen über meine Eltern ein.

Ich staune über die Archive meines Gedächtnisses. Die versunkene Wohnung in Neukölln, das Klappbett meiner Eltern mit einem Bezug aus braunem Cord, das wacklige Nähtischchen als Nachttisch, der Kachelofen mit der Nische für eine Ikone, in der ein Dompfaff aus Porzellan stand, den meine Großmutter im Krieg gegen Mehl getauscht und später wieder gegen Mehl zurückgetauscht hatte; es war meine Großmutter gewesen, die einmal auf dieser Seite des Bettes meiner Eltern gelegen hatte, in eine braune Decke gehüllt und stumm, wie schwebend, ein Sonntagsbesuch, dann war sie ins Krankenhaus gegangen und dort gestorben.

Ich mache mir Sorgen um meine Mutter. Weniger um meinen Vater, meine Auseinandersetzung mit meinem Vater ist von anderen Dingen geprägt, außerdem habe ich mir mein Leben lang um ihn Sorgen machen müssen. Ich sehe mich mit ihm an der Tiefkühltruhe des Supermarktes stehen, und mir fällt dazu ein, dass ich letztlich gar nicht weiß, was Träume von Wirklichkeit unterscheidet. Der Traum ist der Wirklichkeit an Eindrücken von Licht, Farbe, Liebe, Angst, Ratlosigkeit ebenbürtig, wenn nicht überlegen, es gibt Träume, rar, aber dennoch, in denen ich mich vor Liebe aufgelöst habe, in denen ich geflogen bin, und an die Angst aus dem Puppenstubentraum erinnere ich mich bis heute. Sie ist existenziell. Verflochten mit allen meinen Jahren, immer noch da. Mir fällt ein, dass ich vielleicht gar nicht zu wenig träume – vielleicht träume ich die ganze Zeit. Mir fällt ein, dass es vielleicht doch so ist, wie ich es auf dem abgerissenen, mit einer Reißzwecke an die Erkerwand gehefteten Zettel gelesen habe, *and our little life is rounded with a sleep*. Zehn Jahre später verspüre ich meinem Vater gegenüber eine erschöpfte Dankbarkeit für den Umstand, es mir überlassen zu haben, die Letzte in der Wohnung gewesen zu sein, die Tür, die Büchse der Pandora zu schließen und den Schlüssel auf dem Nachhauseweg in den Landwehrkanal zu werfen, auf dem Weg zurück in die harte Arbeit des sogenannten eigenen Lebens. Aber vielleicht habe ich diesen Zettel nur geträumt, er ist eigentlich zu kitschig. Die ganze Situation ist kitschig, die verlassenen Räume, der Flügel, die tätowierten Transporteure, der Drachen – Nonsens, ohne Sinn, und entweder habe ich das geträumt, oder ich habe mir das ausgedacht, so wie alles andere auch. Die russische Großmutter, die Brotsuppe, mein Vater in einem Königin-der-Nacht-Kostüm, das Kasperletheater, mein Bett hinter dem Kasperletheater, ein Bett wie in einem Gulag, von dem ich gelesen haben musste, und in der Ritze zwischen Bett und Sperrholzwand ein verschrumpelter Apfel, ein Brotkanten. Ein Satz, den meine Mutter häufig zu mir gesagt hat – du übertreibst, Judith. Du übertreibst. Ich wollte immer wissen, wie es ist, Papier zu essen. Das Papier, auf dem der Code steht, den du niemals verraten darfst, im Augenblick der höchsten Gefahr in den Mund zu stecken und herunterzuschlucken, und habe ich mir ausgedacht, dass ich das getan habe, oder habe ich es getan und tue es noch.

Im direkten und im übertragenen Sinn.

Ich habe mir eine Katze ausgedacht, den Billardtisch eines Großvaters, eine Psychiatrie, das quälende Warten auf einen herbeischlurfenden Pfleger, wenn ich vor der geschlossenen Station zu Beginn der Besuchszeit auf die Klingel gedrückt hatte. Ein Leuchtturmwärter auf einer Insel, ein Haus am Meer, diese Sommer und eine Ada, ein Marco und ich. Ich habe den Wolf an der Fassade des Schlosses geträumt. Die Begegnung mit Dr. Dreehüs in der nächtlichen Kneipe, die Zigaretten und den Gin Tonic ganz ganz sicher geträumt, ich habe von einer

Analyse geträumt, ich habe mir eine ganze Pandemie: ausgedacht.

Was genau ist der Unterschied zwischen Ausdenken, Träumen und Übertreiben. Das Eigentliche des Traumes ist nicht sein Inhalt, seine Handlung, sondern das Gefühl, mit dem er geträumt wird, sein Stoff im haptischen, im empfindsamen Sinn. Dieser Stoff bleibt, wenn du wach wirst.

Im meinem letzten Buch »Daheim« telefoniert die Erzählerin mit ihrer Tochter, die an einem Ort ist, der ungefähr bleibt. Wüste. Oder Wasser. Es gibt, sagt diese Tochter, nur das, was du gerade erlebst, und jede Erklärung dafür ist ausgedacht und existiert erst, wenn du sie formulierst. Diese Erzählerin, die in einem Haus lebt wie dem, in dem ich jetzt am Schreibtisch sitze und in den grauen, verhangenen Morgen hinaussehe, ist Ich. Und sie ist ein Traumbild. Ich träume sie, und sie träumt mich. Sie ist eine Schwester im Geiste, offenbar habe ich mir für sie eine Geschichte ausgedacht, habe ich, um es mit Dr. Dreehüs' Worten zu sagen, all das so verfremdet und entstellt, bis nichts mehr richtig ist und dennoch alles wahr.

Ich habe keine Tochter. Ich habe einen Sohn, ich habe keinen großen Bruder, aber ich habe einen alten Onkel. Ich sage zu Jon, in diesem Buch kommst du nicht vor, und er sagt, da sei er sehr erleichtert, und ich weiß, was er meint, aber ich weiß nicht, ob Jons Abwesenheit in diesem Buch Grund zur Erleichterung oder doch nicht eher Grund zur Trauer ist. Es ist egal, ob die Träume das Leben sind oder das Leben geträumt wird, egal, ob eine Geschichte erfunden, wahr oder nur zur Hälfte wahr, ausgedacht oder wirklich ist – total egal. Die Häuser sind wichtig. Die Räume, Quadranten deiner Lebensabschnitte, die inneren Strukturen und die Möglichkeit, diese Häuser, ihre Innenwelten zu verlassen und wieder in sie zurückzukehren. *Ich gehe zurück ins Haus,* heißt es in einem Gedicht von Carver, *und mache einen neuen Versuch.* Ich vermute, es ist das, was dem Schreiben, dem Leben am nächsten kommt.

Einen neuen Versuch machen.

Auf dem Umschlag des Buches »Das gelbe Haus« ist das gelbe Haus zu sehen, seine Fenster, Simse, Regenrinnen, Blumenkästen, der Dachgiebel und die Tür, die Tür ist angelehnt, und durch den Spalt schlüpft ein kleines Mädchen in einen dunklen Raum. Schlüpft in ein Haus, aber zugleich auch in eine Höhle, oder besser: in ein Gehäuse, einen Hohlraum, eine Kammer in einer Kammer in einer Kammer hinein.

Die Seele einer Geschichte.

Die Seele des unsterblichen Kaschtschej, die in einer Nadel im Ei in der Ente in einem Hasen in einer eisernen Kiste unter einer Eiche auf der Insel Bujan weit draußen im Meer und außerhalb seines Körpers verborgen ist, und er wird nur sterben, wenn diese Nadel zerbrochen werden wird. Zudem an seiner Stirn zerbrochen werden wird. Mir kommt es so vor, als sei das Bild des Mädchens auf der Schwelle des Gelben Hauses und der Erkenntnisse, des Weges zu dieser Kiste, zum Ei und zur Insel hin, bedeutsam. Ich bin diesem Mädchen so nah, wie ich dem verschwiegenen Holzmädchen auf seinem Stühlchen unter der Schreibtischlampe nah bin – sie *hat* Papier gegessen und heruntergeschluckt, so viel ist sicher. Die Geschichten, die ich hier über das Schreiben erzählt habe, sind andere als die, die ich schreibe, was auch daran liegt, dass eine Geschichte sich an ihrem Ende, was immer ich anfangs gewollt habe, schlicht verselbständigt. Hinter der angelehnten Tür zu einer Geschichte steht immer einer, der mich an der Hand nimmt, reinzieht, die Tür hinter mir schließt.

Verschließt.

Also. Noch einmal von vorne.

Wer bin ich, woher komme ich, inwieweit kann ich mich von den Anfängen entfernen, darf ich sie vergessen, oder muss ich sie erst schreiben und darf sie dann vergessen. Ich bin, habe ich vor über fünfundzwanzig Jahren in Wewelsfleth in die Tastatur eines schon lange verschwundenen Computers getippt, nicht sicher. Nicht wirklich sicher. Das ist erstaunlich, finde ich heute, es kommt mir so richtig vor, und ich bin das auch jetzt, hier und jetzt:

Nicht wirklich sicher.

Aber auf einem der langen Spaziergänge mit Jon an den ungewohnt zeitlosen, ersten und zerbrechlichen Tagen dieses Jahres, ein Sonntagsspaziergang, Felder im Nebel, Kanadagänse und Nilgänse am Tief und die Sonne eine glasige Scheibe, frage ich ihn, wie hast du den Morgen verbracht, was hast du bisher heute gemacht, und er antwortet, ich habe die Schlehen beschnitten.

Warum bin ich sicher, dass ich eine Geschichte schreiben werde, in der diese Antwort vorkommen wird. Warum bin ich mir da wirklich total sicher. Womit sind diese fünf Worte verknüpft? Was hat es mit diesen Worten auf sich. Es kann sein, dass sie nach all den Jahren dann doch mit etwas verbunden sind, das über mich hinausgeht, alles Persönliche hinter sich gelassen hat. Mich entlässt.

Eine Frage, eine Antwort.

Das Wort Schlehen.

Der frühe Sonntagmorgen, an dem ich schlafe, während Jon die Schlehen beschneidet, die harten dornigen Äste, der Frost auf den Ästen, der stille Tag, und ich schlafe. Und träumte. Und träume.

Dank an Oliver Vogel, ohne den ich die Frankfurter Poetikvorlesungen nicht geschrieben hätte.

Judith Hermann
Sommerhaus, später
Erzählungen

Im September 1998 erschien in der Collection S. FISCHER ein Buch, das die literarische Landschaft verändert hat: »Sommerhaus, später«. Erzählungen wie »Rote Korallen« und »Hunter-Thompson-Musik« haben eine ganze Generation von Leserinnen und Lesern geprägt und über Jahre begleitet.
Die Erzählungen haben Leserinnen und Leser in der ganzen Welt begeistert. Die Dichte und Intensität der Stimmungen treffen auch heute noch unser Lebensgefühl.

208 Seiten, gebunden

Judith Hermann
Daheim
Roman

Judith Hermann erzählt von einem Aufbruch: Eine alte Welt geht verloren und eine neue entsteht.

Judith Hermann erzählt von einer Frau, die vieles hinter sich lässt, Widerstandskraft entwickelt und in der intensiven Landschaft an der Küste eine andere wird.

»Das schönste Buch, das ich seit vielen Monaten gelesen habe. [...] eine große poetische Sinnlichkeit, sie malt mit Worten Landschaftsbilder.« *Iris Radisch, 3sat*

192 Seiten, gebunden

Weitere Informationen finden Sie auf
www.fischerverlage.de